西方科幻

西西、何福仁　著

中華書局

西西手作：

科幻人物、外星族、星雲

弗蘭肯斯坦

《雨果的巴黎奇幻歷險》中的少年雨果

《潰雪》主人公 Hiro

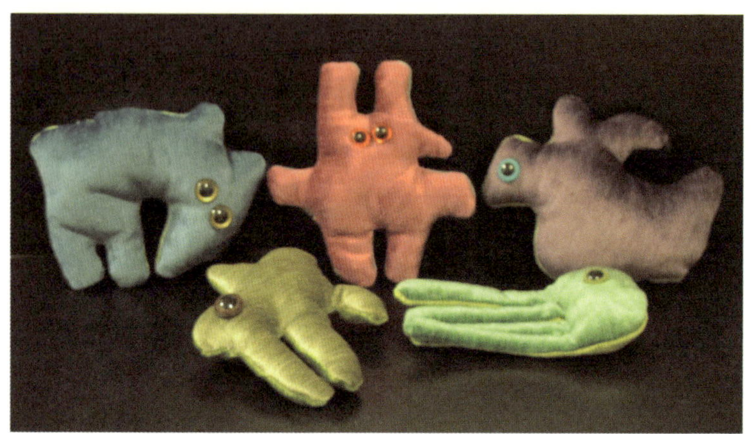

外星族

蟲洞摺紙

《大都會》的機械女郎

《鯢魚之亂》的鯢魚

星雲

螺旋形星雲

目錄

烏托邦、敵托邦、異托邦

1

西： 兩年前我因為急症住院，兩個晚上都看到奇怪的東西。

何： 有多奇怪？

西： 我在夜半醒來，在醫院三樓的病床上，看見窗外樓下有些紙紮的馬頭、天使之類，然後聽到聲音說話，大概是有人死了，是護士長的女兒，我看見姑娘、護士走過。他們在交頭接耳，好像在準備做法事。不斷說可惜呵可惜呵，那麼年輕。原來是溺死的，在甚麼地方呢？杭州西湖。我瞪大眼睛，怎麼可能呢？這是香港公立醫院。我當時是清醒的，我知道自己就在醫院裏。但第二天早上，醫護人員如常工作，若無其事。

第二晚，我在夜半醒來，看看錶，凌晨一時，發覺原本空着的鄰床，躺着一個全身白布包裹的木乃伊，我嚇了一跳，大約十來歲，手抱一隻狗，狗很乖，但張着眼睛。我又看到窗外那隻馬頭、其他的紙紮，又聽到有人說話：在水裏一定很冷……我冷了一截，連忙蒙着頭躲進被裏。聲音很嘈吵，一直擾攘。然後天亮了。第二天又好像沒有發生任何事，一切正常。

何： 幻覺，加上想像？

西： 問題在我自覺很清醒，很清楚自己在醫院裏，不是做夢。後來醫生來巡房，我馬上要求回家。他答：只要你的燒退了，就可以了。當天下午，我就回家了。我一直在思考這是怎麼一回事。

何： 是因為發高燒？當我們看到奇怪的現象，有時不妨追問，為甚麼我們會看到這些。心理學家有一種說法，我們看到的，往往是我們想看的、自我構建的東西，像 UFO 之類。

西： 大概是。但如果並沒有發高燒，人是清醒的呢？

何： 許多玄妙的東西，如果不能解釋，只好懸置起來。我們不知道的其實比知道的多很多。

西： 我倒想到這是一種「異托邦」（Heterotopia），福柯（Michel Foucault）所說的，那種又真又假的異域。

何： 福柯的演講比較簡短（*Of Other Spaces: Utopias and Heterotopias*, 1967），但提法很有啟發。其實之前在《詞與物》（*Les mots et les choses: Une archéologie des sciences humaines*, 1966）的前言，他已提到異托邦。烏托邦是個虛擬的世界，異托邦卻是真實和虛擬並置的空間。福柯說這時代的困惑，來自空間，遠多於來自時間。他舉例說劇場、電影院、博物館、圖書館等等，都是異托邦，這些地方，聚集了各色人物，並置了不同的時間，也集結了不同的空間。還有渡假村，以至殖民地。醫院也是嗎？

西： 醫院也是一個異托邦，本來是要把人醫好的地方，但要把所有病人都醫好，這想法本身就是空想。如果真有，世界就不是這個樣子了。同一物事，角度不同，就有不同的說法。醫院同時是一個生與死，異質共存的空間。

何： 即使不能把所有人醫好，可不能沒有醫好人的想法，這是一種烏托邦思維。「烏托邦」一詞，譯自莫爾（Thomas More）的 *Utopia*（1516），這是嚴復的翻譯，譯得好極了。全書有否誤譯是一回事，但譯名譯出了雙關的歧異：理想的社會寄托在不存在的國土。有人譯作「理想國」，就只有理想，而沒有不存在或暫時不存在的意思。但二十世紀後，對科技、對集體主義的幻滅，產生赫胥黎（Aldous Huxley, 1894－1963）的《美麗新世界》（*A Brave New World*, 1931）、喬治．奧威爾（George Orwell, 1903－1950）的《1984》（1949）等反烏托邦的小說，衍生所謂「敵托邦」或「惡托邦」（Dystopia）一詞，dys 是不好、壞的意思。這是對極權社會的諷刺，再不相信完美藍圖的建設，認為泯滅人性。完美就意味停滯、封閉。《烏托邦》之後，俄國出過一些反烏托邦的小說，反的是資本主義君臨的工業社會對人的傷害。

西： 電影也有，像查理．卓別靈在美國編導演的《摩登時代》（*Modern Times*, 1936）。

何： 但到革命成功，倒過來最早反抗集體極權主義的小說，反而出自蘇聯國內一位作家之手，那是尤金．扎米亞金（Yevgeny Zamyatin, 1884－1937）的《我們》（*My*，又譯 *We*），1921 年寫成，建國不久，而斯大林尚未當權，1924 年出版英譯，再回到蘇聯，當然被禁，到 1988 年才解禁。

西： 《我們》影響《美麗新世界》、《1984》，名字大家都聽過，但看過的人恐怕並不太多，何妨解說一下。

何： 尤金．扎米亞金寫一個編號 D-503 的男性，用日記形式記錄自己在統一國（One State）的生活，這是廿六世紀，領袖稱為恩主（Benefactor），有絕對權力，每年普選，必然全票當選。至於人民可沒有名字，只有數字，編號就別在劃一的制服上。這社會理性、集體化，一切由政府分配，住的是玻璃房子，沒有私隱，以便護衛的監察。窗簾偶爾可以放下一小時，那是所謂「性小時」，因為性關係也按照配給，男女各獲發一本票券簿。

此外，他們的娛樂是四人排成一行，在大喇叭播出的歌曲指揮下，大步行進。而過去的時代，在他們口中都成了古代，雜亂無序，荒唐落後。寫詩，就只能歌頌偉大的領袖和國家。公民可以選擇：一、沒有幸福的自由；或者，二、沒有自由的幸福。自由在伊甸園裏原來跟幸福對立。選擇前者的笨蛋，會獲得氣鐘罩的接待。氣鐘罩是改良了的斷頭臺。這種把不同範疇的東西混同，然後非此即彼的二分法，從來沒有過時。

D-503 是這社會的數學家、首席工程師，一直自詡最忠誠，但他的敘述，其實已流露理念與感受的分裂。這方面，他自嘲為「返祖現象」。當他遇上美艷的女性 I-330 號，信念不堪打擊，逐漸瓦解。愛情，自由的愛情，的確不是好東西，當一個號碼愛上另一個，人性開始浮現。他是人，有血肉有靈魂，而不是機械，不是號碼。放下窗簾，I-330 號又抽煙又喝酒，而這些是被禁止的。原來她是地下革命組織成員。

西： 記得你告訴我這麼一個笑話：非洲某國獨立後，一位獨裁者看西方的民主選舉很好，自己也辦一次選舉，國民走進帷帳裏投票，第一個候選人穿軍裝，第二個穿西裝，第三個穿土服，國民投了票都很高興，因為有了民主了，其實三個候選人都是獨裁者自己。這是皇帝的新衣的新版本。

何： 這可不是笑話。

西： 《我們》後來呢？

何： 後來 D-503 回到偉大的領袖身邊。當兩個編號私下的愛情被揭發，政府把 D-503 的「想像」通過大手術取走，他於是出賣了她。這原來是一個不能想像的社會。

西： 的確是喬治·奧威爾他們的先聲，寫得那麼早，真厲害。

何： 《我們》寫得比較鬆散，敘事手法不如《1984》或《美麗新世界》那麼吸引，經過後現代主義風尚例如斷裂、沒有深度等等洗禮，也許會有不同的評價，但就意念來說，走在時代之先，赫胥黎、奧威爾其實沒有想像中那麼了不起。1921 年《我們》寫成的時候，中國仍然陷於軍閥混戰，孫中山在廣州就任非常大總統，共產黨在上海舉行第一次代表會議。

記得米蘭·昆德拉談卡夫卡被捕和受審判的小說時，以奧威爾的《1984》做對比，他狠批《1984》是一部偽裝成小說的政治論述，作者把現實縮小為純政治，而且只局限在消極的一面，把生活縮減為政治，再把政治縮減為宣傳。這做法，他認為本身也是一種專制。

西： 《我們》看來有點科幻小說的味道。

何： 數碼化的社會，D-503 號的記錄是寫給其他星系，在遇見 I-330 號之前，他渴望成為機械。

西： 以往寫未來，難免帶科幻的成分，幻想又多於科學。莫爾的《烏托邦》，倒好像沒有。

何： 莫爾把理想的國土跟現實的英國對照，不妨說也是一種異托邦，寫英國的部分，口誅筆伐，例如惡名昭彰的貴族圈地養羊，變成「羊吃人」，因為羊毛有價。你在《我的喬治亞》也提到過。這令我想到今天某些地產商，例如我們鄰近一帶，開了五間巧克力店，還有鐘錶、首飾店之類，專門接待內地訪客，單一的內地客，原本各有特色的小店因為不斷加租，被驅走了。它們大字標示「政府註冊」、免稅、正貨。香港其實沒有銷售稅，只是商業登記罷了。此外，至少有兩家酒樓閉門只接待內地客。整個社區變了，陌生了，我們反而變成客人。

西： 五六年來，我家樓下通常擠滿了遊客，我出來時往往要請他們讓路。這本來是寧靜、潔淨的街道和社區。如今整條街都是煙屑廢紙。大量的旅遊車擠來，交通堵塞，規劃、配套肯定大有問題。我們歡迎遊客，尤其是內地客人，我自己也是移民，從候鳥成為留鳥，但接待規劃不好，也不是單方面的，就出問題。我們居住的地方成為重災區，酒樓、商店，得益的只是幾個大老闆。

何： 說回惡托邦的書，比這三本更早的，那是威爾斯（H. G. Wells）的《睡者醒來》（*The Sleeper Awakes*），1899初版。也許對赫胥黎、奧威爾這幾位作家都有啟發。這是很少人注意的書，為甚麼還記得呢？ 因為 Woody Allen 早期的一齣電影 *Sleeper*（港譯《傻瓜大鬧科學城》，1973），就是改編威爾斯這部小說。威爾斯一直都很嚴肅地看問題，沒有那種 playfulness。

西： 我沒有看過，你告訴我。

何： 威爾斯的主人公是一個倫敦人，因為失眠只好吃藥，結果一睡二百多年，醒來後發覺自己成為世上最富有的人。原來他之前把錢放在一個銀行做基金，不斷生息，利滾利，終於累積成天文數字。替他管理財務的 White Council 卻利用他的財富，建立一個財閥統治的國家。另一邊則是一位革命份子，號召、組織工人起來革命。威爾斯寫的是，兩者都不是好東西，都不過利用他。財閥固然是剝削、勞役工人，所謂革命家也不過是野心家。威爾斯的故事，表現一個將來變得更壞的、唯錢是視的世界。

2

何： 難道表示真切的感受也不行嗎？這所以莫爾寫烏托邦的部分，則大加讚美，理想的英國應該是這樣的。但正因為寫得虛浮，這部分反而比較乏味。

西： 有趣的，如果是創作，應該是想像的部分。莫爾這作品，同樣是政論多於文學。福柯以鏡子做比喻，鏡子折射出來的，影像而已，並非實存，但鏡子是真有的，它把你帶到另一個空間。這另一個空間，才是耐人尋味的地方。

何： 中國人說的鏡花水月，這鏡中之花水中之月，經過轉化，成為了藝術。不過我們看到的雖然不是真的花真的月，可也不完全是虛構。

西： 福柯沒有說，鏡子有許多種，有不同的角度，影響看出的影像。

何： 對，鏡子本來是中介，觀眾一不小心，它就成為了主宰。我想，政治上的書寫可分烏托邦、敵托邦，各唱對臺；但文學上，小說家的創作，無論烏托邦、敵托邦，都可說是異托邦，像加西亞·馬爾克斯的馬孔多、福克納的美國南方、魯迅的未莊、沈從文的邊城，像肥土鎮。文學家總在各自創作屬於自己既真實又超乎真實的空間。

西： 像《紅樓夢》的大觀園、《水滸傳》的梁山泊。但我想到異托邦、烏托邦的問題，是因為近年看西方的科幻小說，看小說家寫電腦網絡虛擬的世界，運用了後現代的各種技巧，這好歹是一種新的文學類型、新的敘事形式、新的取材。我不懂電腦，書裏很多術語我要翻查解釋，不過大體上並不妨礙閱讀，看得稍慢罷了。

何： 這興趣是怎麼來的？

西： 過去有好幾年都在做毛熊、猿猴，看這方面的書，看實物，回過頭來，我想知道，近年的創作，有哪些新作者。剛巧有朋友向我約稿，每月二三篇，我就寫這些閱讀報告，寫了兩年，朋友要退休，也是我想退出的時候。兩三年來，我四五天就看一本長篇，平均二十萬字吧。

何： 超過一千萬字了。

西： 開初從布克獎（Booker Prize）之類選書，好歹是一個入手的方法，我未必同意評審的準則，但看別人怎樣寫小說，也看別人怎樣看小說。我看中譯，容易看些，後來嫌翻譯慢，就看英文。有一類小說，我近年較少接觸的，是科幻小說。我並不用電腦，只用過一小段日子，當右手還靈便的時候。陳潔儀提醒我，上世紀七十年代，我在《我城》想過溝通的問題，和其他人，和其他城，以至和其他星系。

何： 《我城》並不封閉，也絕不止於一個我，「我」和「城」，同時是一種互相作用的辯證關係。有年輕人認為今天的「我城」，已不同於1970年代的「我城」，這是從狹隘的「現實主義」角度看，以為《我城》最大的意義在於反映現實，而這現實被理解為固定的。《我城》呈現的正是一種流動變化的過程。

西： 不知你是否記得，大概2000年我曾在詹宏志辦的電子報《明日報》上寫過圖文配合的專欄，我後來想，如果我當年對運用電腦科技多懂一點就好了。如今生疏了，已變成電腦盲。不過我一直看科幻電影，從《2001：太空漫遊》（*2001: A Space Odyssey*）、《2020》（又譯《銀翼殺手》，*Blade Runner*），到《引力邊緣》（*Gravity*），技術真是日新月異，於是想，我不如也看看這方面的寫作，也是一種認知，雖然高科技是否真能改善我們的生活狀態，令我們更幸福，是一大問題；能否改善，恐怕要看怎樣運用。威爾斯的小說，寫人獸的混合、外星族的攻擊等等，就表現對科技的憂慮。

我也約略看過詹明遜（Fredric Jameson）談科幻小說、電影的文章，雖然一知半解，也引起我的興趣，他要復興烏托邦的理想，認為科幻小說就充滿烏托邦的元素。鄭樹森教授熟悉詹明遜，他才是專家。

何： 還有王建元教授，他對科幻小說有研究成果；當然還有許多這方面的專家。我們的談話就當拋磚引玉吧。

西： 對，談的不對，請方家指正。

何： 烏托邦的社會藍圖聲名狼藉，但烏托邦精神是一種不妥協、要改善現實的精神。敵托邦何嘗不是出於對社會的不滿、批判？這方面兩者是共通的。這也是文學藝術的本質。古今中外，出過哪些歌功頌德的文學家、哪些歌頌當權者而又成功的作品？年輕人尤其需要這種批判的精神。目前烏有，不等於永遠烏有。荀子說：「可以為，未必能也；雖不能，無害可以為。」現實的政治很玄妙，那往往是世故的成年人在爭配既有的權力，人類的社會何嘗真的「進化」了？

西： 進化的是機械。物種的生存，只是適應環境的演化，並不一定進化。計劃將來的社會，怎能沒有年輕人的聲音？

何： 將來，年輕人不是「享份者」(stakeholder)，根本就遲早全份擁有。Stakeholder 一般譯作「持份者」，是受制於形而下的「holder」一詞。

西： 他們其實生活在網絡文化之中。

何： 從當年的阿果打通第一個電話，問：喂喂，有人嗎？到如今沒有手機、沒有電腦就不能生活了，終日上網，看 WhatsApp、臉書之類。

西： 科幻小說裏有一個詞，叫「cyberpunk」，由「cyber」和「punk」組成。那是網絡虛擬的世界，也是現實的世界；在那裏，不再是人和機械對立，而是人和機械合而為一，過去與未來、生與死、邊緣與中心，都打通了、融合了。人物往往屬於低下層，反叛，反英雄。Cyberpunk 之外，又有 steampunk、biopunk，這反映了廿一世紀後人類的處境。

以往的烏托邦說的是將來，以往的科幻小說寫的是未來，好像很遙遠，如今的，寫的就在當下，是「此在」。你走進由電腦和通訊技術創造的虛擬實在空間去，又走出來。電影 *The Matrix*，香港的譯名太長，忘了，或者《阿凡達》（*Avatar,* 2009）吧，這《阿凡達》運用了最新的 3D 技術，宣揚環保，觀眾看完了，是欣賞科技還是支持環保？可以雙贏嗎？肯定的是製片商大獲全勝。也許趣味就在這裏。

何： 喂喂，可以談談近年的科幻作品嗎？

西： 收到。

後記：詹明遜的科幻論文主要收在《未來考古學——烏托邦欲望和其他科幻小說》（*Archaeologies of the Future*：*The Desire Called Utopia and Other Science Fiction*）一書；王建元著有《文化後人類》。

Yevgeny Zamyatin, *We*

尤金・扎米亞金著、殷杲譯：《我們》

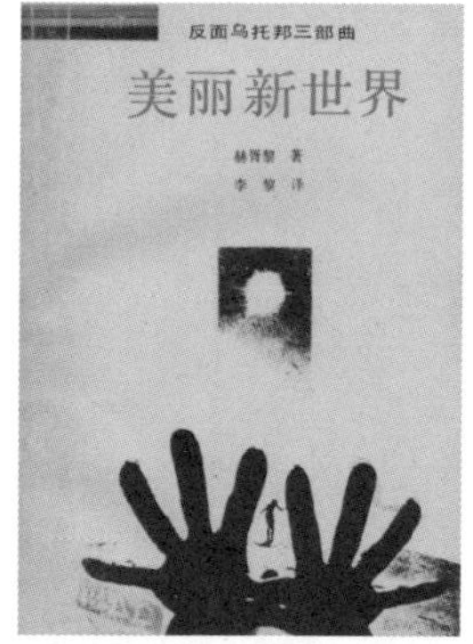

赫胥黎著、李黎譯：《美麗新世界》

H. G. Wells, *The Sleeper Awakes*

菲利普・迪克、勒瑰恩

1

西： 歷年科幻小說的作家，不得不提菲利普·迪克（Philip K. Dick, 1928－1982），雖然他最好的作品都寫於二十世紀六十年代，八十年代初過世，但影響至今不衰。他的作品很多改編成電影、電視片集，近年還有一齣重拍。

何： 那是《全面回憶》（*Total Recall*, 1990; 2012），以往港譯《宇宙威龍》。目前為止至少有十一齣，我們看過的也有六七齣，例如：《銀翼殺手》（1982），港譯《2020》，改編自《仿生人會夢見電子羊？》（*Do Androids Dream of Electric Sheep?*, 1968）；《少數派報告》（*Minority Report*, 2002），港譯《未來報告》；《致命報酬》（*Paycheck*, 2003），吳宇森導演；《暗黑掃瞄儀》（*A Scanner Darkly*, 2006）；《預見未來》（*Next*, 2007），改編自 *The Golden Man*；《命運規劃局》（*The Adjustment Bureau*, 2011），港譯《天網逆緣》；《高堡奇人》（*The Man in the High Castle*, 1962），電視片集。大多改得只留梗概，較貼近原著的只有《暗黑掃瞄

儀》，先由奇洛‧李維斯、小羅伯特‧唐尼等演出，再轉成動畫。綜合來說，成績都平平，除了《宇宙威龍》，也不見得特別賣座，史匹堡的《未來報告》也不行。看來拍得最好的，還是第一齣《銀翼殺手》，同樣不叫座，卻是科幻電影的經典。看來他的小說會不斷重拍，或者改成電視片集。

西： 迪克賴寫作為生，寫作三十年，作品很多，長篇有四十四部，短篇一百零二個，顯然良莠不齊，但意念和想像充滿活力，所以是科幻電影中取材最多的科幻小說家。

何： 詹明遜大讚他是「科幻小說界的莎士比亞」，很厲害。

西： 詹明遜為科幻小說分期，以作家為代表，從凡爾納（Jules Verne）的各種探險，到雨果‧根斯巴克（Hugo Gernsback, 1884－1967）1926 年辦《奇異故事》（*Amazing Stories*）雜誌，提出「science fiction」一詞，建立一種新文類。當然，有人會表示，這是美國人騎劫了歐洲和蘇聯的傳統。然後是波爾（F. Pohl）和布魯斯（C. Kornbluth）的社會諷刺，之後就是迪克。

其他人有不同的分法。例如以凡爾納、瑪麗‧雪萊（Mary Shelley）為先驅；然後是所謂雜誌時期，從 1926 至 1960，經根斯巴克的推動，出現阿西莫夫（Isaac Asimov, 1920－1992）、海萊因（Robert A. Heinlein, 1907－1988）、克拉克（Arthur Charles Clarke, 1917－2008）、布拉德伯里（Ray Bradbury, 1920－2012）。

又有人稱美國從1940到1960為科幻小說的「黃金時期」，因為出版了不少經典的科幻小說。

第三期像電影那樣，是新浪潮時期，從1960至1980，有迪克、巴拉德（J. G. Ballard, 1930－2009），以及另一位傑出的勒瑰恩（Ursula K. Le Guin, 1929－2008）。

第四期，則是賽博朋克（cyberpunk）時期，整個1980年代，名家有威廉．吉卜森（William Gibson, 1948－　）、布魯斯．斯特林（Bruce Sterling, 1954－　）、巴特勒（Octavia Butler, 1947－2006）。最近三十年，最出色的當然是尼爾．史蒂芬森（Neal Stephenson），他的《潰雪》（*Snow Crash*）是cyberpunk的代表作。

我想特別指出跟迪克同時的勒瑰恩。她和迪克是中學同學，可當時彼此並不認識。她為科幻小說引進女性主義新的思考。她的《黑暗的左手》（*The Left Hand of Darkness*）很有意思，那是上世紀1969年出版的創作。小說的場景是格森星（Gethen），即冬星，是個冰川星球，格森人的性別會流變，大部分日子是雌雄同體，不分性別，這是所謂Somer期。但有數天為發情Kemmer期，這時期隨機變為男性或女性，遇上同屬Kemmer期的伴侶，受激素之類影響，其中一方分化為男或女。懷孕的話，則她成為母親，但在另一時候又可能是父親。於是形成獨特的社會文化，超越了性別二元差異，當然沒有性別歧視，兩性相輔互補，「光明是黑暗的左手，黑暗是光明的右手」。書中她轉換不同的人物視角，寫了不同的政治體制，引用各種報告、信仰、神話。

何： Le Guin 的「異性」，我想起古希臘要「老老實實講假話」的盧奇安（Loukianou），他約生於公元 120 至 180 年之間，若說科幻先驅，他比十七世紀寫《開普勒之夢》（*Kepler's Dream*）的開普勒（1571－1630）更早。開普勒幻想月球上有居民，在洞穴生活，有的用腳行走，有的用翅膀飛翔。但在盧奇安筆下的《真實的故事》，已有星球大戰、太空船、離奇古怪的外星族。他寫航行時船被大風捲上半空，船就成為飛船，在空中浮遊，遇到浮島，島民以月亮做領土，和太陽民打仗。他寫月亮的居民，負責生育的是男人，不是女人；女子娶男子為妻，因為那裏根本沒有「女人」這名稱。女性主義的思考應該從盧奇安開始。人們二十五歲前出嫁為妻，過了這年紀則娶親做丈夫。懷孕不在肚子裏，而在腿上，格拉斯（G. Grass）許多年後才上了腦子，想到「頭生」。我懷疑歐洲作家頗受盧奇安的啟發，例如斯威夫特（Jonathan Swift, 1667－1745）的《格列佛遊記》（*Gulliver's Travels*）。

西： 我看過一本講開普勒為母親申辯女巫指控的書：《天文學家的女巫案》（*The Astronomer and the Witch: Johannes Kepler's Fight for his Mother*），這書對認識當時的社會文化氛圍很有幫助。在十七世紀，獵殺女巫的運動風起雲湧，被認為是女巫的人，都會被處決、燒死。男巫也有，但少得多。這位科學家的母親就被指控使用巫術害人，入獄多年，開普勒為她爭辯，奔波六年，運用科學知識對抗時代迷信，終於讓母親獲釋。作者指出開普勒是讀過盧奇安的。盧奇安的想像很有趣，「女人」這名稱不是天生的。

何： 真正激進的科幻女權主義作家是喬娜安・拉斯（Joanna Russ, 1937－2011），她最出名的作品是《女性男子》（*The Female Man*, 1970），這名字借自《格列佛遊記》中的用語，寫四個生活在不同時空以至不同世界的女子，在所有男子都死光了的世界，在男女不斷交戰的世界，烏托邦、敵托邦，還有經濟大蕭條⋯⋯她們彼此相遇，時而轉換敘事觀點，書不容易讀，性別、種族、世界觀，許多令人思考的議題。她們的遭遇，令她們重新檢視女子的身份。小說顯然是理念先行。拉斯甚至認為勒瑰恩的《黑暗的左手》還不過是男性觀點的內化。

西： 勒瑰恩的作品不止於女性主義的角度，她也不以為這是《黑暗的左手》的主題，但半世紀後看，還是這方面最獨到。重要的是，它是出色的文學作品。而這種女性的角度，也許可以給予臺港作家豐富的靈感和啟示。

何： 香港的韓麗珠、謝曉虹？

西： 她們未必會看勒瑰恩的書。我看過韓的《縫身》，卻是陰差陽錯，另一種表現，寫得很好，我喜歡這個年輕作家，她有很好的技巧。謝曉虹也很不錯，都很 promising。但我看的不多，可以這樣批評嗎？

何： 可以。

西： 勒瑰恩指出，格森星多年沒有戰爭，一萬三千年吵吵鬧鬧，卻相對和平，人口穩定。其次是指對大自然並非一味開發，她說得好：格森人「消化科技」，而不是消費科技，這方面她自稱受中國道家思想的影響。她稍後的《一無所有》（*The Dispossessed*, 1974）也很不錯。

何： 我想補充兩句，但這不是我的話，而是那位寫作《華氏 451》（*Fahrenheit 451*, 1953）的雷・布拉德伯里，他在書的尾聲提到他的一個舞臺劇劇本被批評戲裏沒有女性，他說：要是數數人頭，算算男女性的比例，莎士比亞大部分的戲劇都無法上演，因為莎翁把精彩的句子全給了男性：「這是個瘋狂的世界，要是我們任憑少數族群干預美學。」

2

西： 科幻這文類的確不能抹去迪克。他的三本書：《仿生人會夢見電子羊？》（1968）、《高堡奇人》（1962）、《尤比克》（*Ubik*, 1969），成就已遠超過凡爾納、H. G. Wells 等人。我最喜歡《仿生人會夢見電子羊？》，這小說，原著很豐富。我們集中談談這一本的原著和電影吧。

何：　電影轉移了主題。

西：　是的。小說以雙線發展，一主一副。主線講述主人公是個賞金獵人。背景是核子大戰後的地球，已淪為廢墟。絕大部分的科幻小說、電影的確都很悲觀，人類不過是在劫後圖存。一面是以新科技作為賣點，吸引讀者、觀眾；另一面主人公又往往要和新科技對抗。迪克這小說的人類大多已移民火星，少數人留下，有的不願意走，有的不能走，因為受了輻射污染，變成智障，稱為「雞頭」(chickenhead)，政府不准他們走。為了鼓勵健全的人移民，政府給每家一個機械人（android）。由地球上一家羅森公司專利製造。這些 androids 不斷改進，到了樞紐 6 號（Nexus-6）已不止是機械，而是跟真人一樣，會思考，會反抗，各方面甚至超越人類，唯有通過剖析骨髓才可以揭破。所以有譯者稱為「仿生人」也是合理的，他們的作用只是人類在各星系殖民時的新型奴隸。因此有些逃跑，跑回地球。主人公德卡德的工作，就是替警方捕殺他們，每殺死一個，叫「retire」，酬金一千。真實和虛擬、真相與假象、人的身份等問題，是迪克最喜歡玩味的母題。德卡德怎樣區分真人和假人呢？用一種測謊機似的移情測試。

何：　沃伊特·坎普夫移情測試（Voigt-Kampff test），由蘇聯巴普洛夫學院研發。巴普洛夫，那位洗腦專家。

西：　做法是問對方連串動物的問題，看他的反應。原來真人和仿生人的分別，是後者不會移情（empathy），沒有同理心。核戰之後，地球上的動物差不多完全絕滅，生命變得很稀有而珍貴。能夠養一隻小動物，是身份的象徵，也證明自己是人類。仿生人可以植入記憶，也會迴避問題，但面對引起移情反應的探問，會表現出不尋常的呼吸、心跳、瞳孔運動。人固然有仿生，動物也有電子，小說穿插各種動物，往往真假難分。主人公就養了一頭羊，電子羊罷了，他希望能夠養一頭真羊，不過真羊很貴，所以必須努力捕殺仿生人。故事展開時，有八個樞紐 6 號逃回地球，首席獵手殺了兩個，之後在測試時被其中一個槍傷，由主人公接手。移情，是小說很重要的主題。

何： 移情比同情（sympathy）更進一步，是感同身受。移情本來是德國美學家提出審美心理學的概念，那是我們主觀的感情轉移、投射於客觀外物，達致物我交融，譬如杜甫因為「感時」，覺得「花濺淚」，因為「恨別」，認為「鳥驚心」，朱光潛有過很細緻的分析。倒過來，客觀外物也可以影響主觀感受，那是所謂「內模仿」。看見泰山高大，杜甫於是也想到「會當凌絕頂，一覽眾山小」。

迪克提出的，其實是個很嚴肅的哲學命題：人何以為人？這可以仿孟子所說的「人之異於非人者幾希」，這一點點的「幾希」，對孟子是仁義、是良知，用迪克的詞彙則是「移情」。

西： 對人的界定，在人工智能時代恐怕各種單一的說法都不足夠，辦法可能是多元的綜合。迪克以為移情是人類獨有的，就是智能受損也能輕易體驗；仿生人即使智力遠遠超越雞頭，也不會懂得。其他動物也全不會。雞頭伊西多爾是故事的副線。書裏有一種近乎宗教的默瑟主義，講的就是這種人道的融合：一個叫默瑟的長者不斷攀山，途中被扔石，信眾不是同情、憐憫他，而是跟他融合，同時感受到這種痛苦。儘管後來揭穿，默瑟甚麼的只是騙局，宗教也無非商業。

伊西多爾的副線其實很重要，臨近收結時，三個仿生人來到他獨居的大樓，在他面前殘暴地逐一切去活蜘蛛的四條腿；八條腿？太多了。伊西多爾很難過，他沒有朋友，受歧視，也終於看清楚自己和仿生人的分別，認定有病的是他們。小說的科幻元素很多，像情緒調節器、飛行車之類，不過其中對生靈的尊重，無論智商高低、大小動物，卻是迪克的小說與其他流行小說的分別。德卡德經常翻查一本小冊子「西尼目錄」，上面記載瀕臨絕滅，或者已經絕滅的動物的價格；當然，因為珍稀，就同時成為商品。如今，半世紀以後，這個目錄的名單不是要長得多嗎？所以德卡德每殺一個，即使是仿生人，也自覺再做不下去。當然，也有的通過移情測試，不是假人，像書中另一位賞金獵手，卻愈殺愈失去人性，比機械人更不像人。換言之，人之為人，怎能由甚麼機械測試界定呢？電影也拍得很好，但這方面基本上放棄了，變成不同的版本。

何： 電影由 Ridley Scott 導演（1982），是科幻電影的傑作，早幾年再出導演版，把主人公的主觀敘述，改為全知觀點，書中的 android，電影則稱為 replicant，獨居的智障和 replicants 的交往，改得合情理多了。書中這條副線被大幅刪減，成為主人公 Harrison Ford 在不同場景以不同方式追殺複製人的戲。

「Android」這個詞最早出現在法國作家維里耶・德・利爾－亞當（Auguste Villiers de L'Isle-Adam, 1840－1889）筆下，1884 年他發表的科幻小說《未來夏娃》（*L'Ève Future*），把看來跟真人一模一樣的美女機械人取名為 Android。

西： 製造這個美女機械人的科學發明家，是愛迪生。真實的人虛構的小說。這成為 steampunk 作家的慣技。

何： 《未來夏娃》的主人公是愛迪生，他的一位年輕英國朋友和一個美女戀愛，卻發現她外表美麗，其實粗俗造作，只醉心演戲，對這位年輕人來說，那是墮落、淺薄、貪慕虛榮的表現。他傷心極了，竟然要自殺。這朋友曾慷慨義助愛迪生，愛迪生於是替他製造一個機械人，跟他的舊情人一模一樣，卻會依足指令。這小說投射了某些男人，不，可能是許許多多男人的幻想。他要「斬件式」的愛情，要娶一個生兒育女的老婆、一個美麗的太太、一個可以跟他談文說藝的情人、一個……

西： 你呢？

何： 所以我覺得《未來夏娃》的故事很爛，兩位男性對女性充滿歧視，並不當她們有獨立的人格，而是玩偶。小說分很多章節，每節只兩三頁，隨手就看完。書中維里耶自稱他的安卓（android）是人類史上最先出現的機械人。Android的名字也是從此而來。

有人說這個安卓影響後來電影《大都會》（*Metropolis*, 1927）的女機械人，然後是蘇聯的Aelita，甚至是日本cyberpunk的《攻殼機動隊》（意思是「裝甲機動防暴警察」）。影響的說法，並不容易說清楚，比如說白先勇私淑張愛玲之類，除非有具體引文，或者受者自己承認，不然只是印象。說白和張都受《紅樓夢》影響，也許比較穩妥。隨着科技發展，機械人是必然會出現的。《未來夏娃》怎樣收結呢？在帶她回英國的郵輪上失火，她沉到海底去了。

3

西： 伊西多爾在《仿生人會夢見電子羊？》裏是基因工程師，佔戲不太多，但也很有趣，因為製造玩具。他只是有病，不是智傷，他可以和複製人公司的老闆下棋。

何： Harrison Ford演來，一半是星球大戰，一半是聖戰奇兵。不過其他選角Rutger Hauer、Sean Young等複製人，形象突出，Vangelis的配樂也很精彩。Rutger

Hauer 這個複製人領袖，強壯、冷酷、有智慧，最後在時限到臨時放過追殺的人，攝影一直採用較低角度，這時候從上俯拍，彷彿命運如此，只能低頭，他退役了，儼如一座雕塑。

西： 原著的收結則是主人公辛苦賺來的一頭真羊被殺了，變成徒勞。

何： 為甚麼跑回地球呢？原著是不堪奴役，電影則是向創造者要求延長「生命」。因為他們的壽命只有四年。四年，為甚麼？這是《弗蘭肯斯坦》（*Frankenstein; or, The Modern Prometheus*）式向創造者的追問。因為他們會不斷自行演化、改進，數年後會發展出種種人類的情緒反應：仇恨、愛、恐懼，到時也就難以控制了。可以修改基因的設計嗎？不能。於是「弒父」。這是原著所沒有的。

西： Ford 獨居，老大不願意再做獵人，原著主人公和太太吵吵鬧鬧，像大多數的夫妻，這個太太有點抑鬱，要靠情緒調節器提高情緒。

何： 電影還有一個有趣的發揮，主人公是否也是複製人？Sean Young 被測試出是複製，她反問他：你自己試過被測試嗎？他夢中出現獨角馬，一位喜歡摺紙的神秘人 —— 說一種奇怪語言找他到警署、替他駕車，在他家中偷偷留下一隻獨角馬的摺紙，是否意味他的記憶，其實也是植入的？

這是典型的黑色電影。黯黑的畫面，偶爾燈光射來，形成光暗的對比，總是黑夜，不停地下雨、煙霧瀰漫，經常出現的高樓大廈，則傾斜地拍攝，追捕、逃亡等等。電影開始時，是賞金獵人向複製人測試，他叼着煙，頭上是吊扇，既前衛，又古老。然後被轟重傷。

　　二十一世紀的洛杉磯，卻表現為頹敗的天使之城，街道被日本人進佔了。二十世紀六十年代寫作的迪克，人抵以為日本永遠第　。這電影有一位配角，專為複製人眼睛的基因設計，是華裔，而且講廣府話。他問：「你哋搞乜鬼？」其實應該是複製人問他們才對。開場之初，就是一隻放大的瞳孔。

西：　迪克的小說有許多東方元素，日本的、中國的。例如《高堡奇人》，男女主人公喜歡用《易經》占卜，和日本人打交道。書中的現實是顛倒了的，二次大戰時勝利的是軸心國德國日本意大利，勝利後分割世界，又各懷鬼胎。那位住在高堡的作家寫了一本禁書，這書中之書卻假設勝利的是英美盟國。

何：　前者是敵托邦，後者，荒謬地成為烏托邦。

Ursula K. Le Guin, *The Left Hand of Darkness*

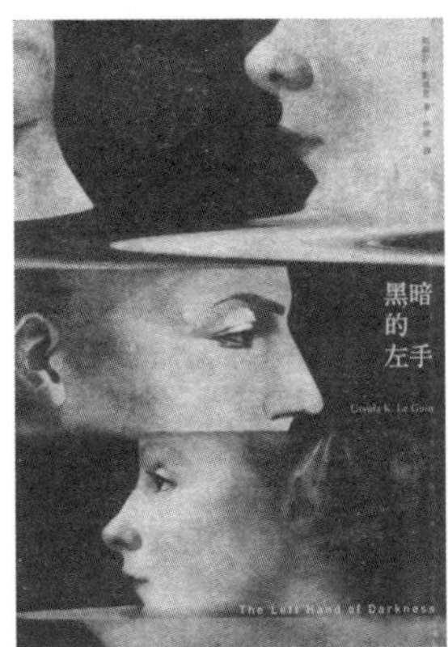

娥蘇拉・勒瑰恩著、洪凌譯：《黑暗的左手》

娥蘇拉・勒瑰恩著、黃涵瑜譯：《一無所有》

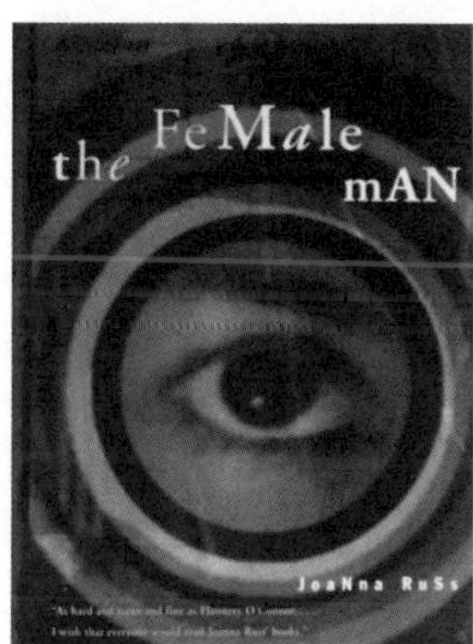

Joanna Russ, *The Female Man*

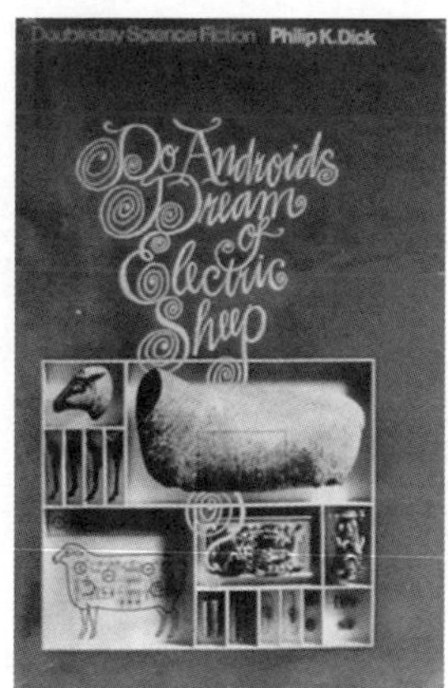

Philip K. Dick, *Do Androids Dream of Electric Sheep?*

科幻小說獎、電影

1

何： 威廉・吉卜森的《神經喚術士》（*Neuromancer*, 1984），是目前唯一一本同時獲得美國雨果、星雲、迪克三個科幻小說獎的作品。先介紹一下這些獎好嗎？

西： 科幻小說界有許多獎項，美國最矚目的年度獎是雨果獎（Hugo Award）和星雲獎（Nebula Award）。科幻，往往也兼奇幻（fantasy）。雨果獎是為了紀念《奇異故事》雜誌的創辦人雨果・根斯巴克而設，跟法國的雨果無關；這位雨果奠定了科幻小說的類型。這個獎，每年由美國科幻及奇幻作家協會（Science Fiction and Fantasy Writers of America，簡稱 SFWA）的會員提名、評選。作品必須是英語。每次以提名最多的五個作品名列候選，再由會員決選。獎項包括長篇小說獎、中篇小說獎、短篇小說獎等等。作家可以多次獲獎。這個獎純粹是榮譽獎，沒有獎金，1953 年設立以後，獎項愈辦愈多，包括編輯獎、美術獎、最佳科幻迷作家獎，以及最佳科幻迷美術獎、戲劇獎等等。

何： 美國美稱之為「民眾的選擇」。這和諾貝爾文學獎不同，諾獎由瑞典學院（Swedish Academy）主辦和評審，過程並不公開，從來沒有公佈候選人名單，評議和表決紀錄都要保密五十年。頒獎結果引起的爭議，也不予置評。說甚麼某某入選若干年，一直擦身而過云云，是沒有根據的。任何人自稱是候選，更是自欺欺人。英語世界有些文學獎，例如英國新設立的 Goldsmiths Prize（2013），用以表揚形式創新的小說，就公佈最後入圍候選名單的六本書。

2018 年諾獎因主辦單位瑞典學院內部爆發醜聞而暫停頒發，瑞典文化界另外籌組「新學院」（New Academy），設立「文學獎」，採用不同的運作方式，由讀者網上投票，公佈決選的四個，也是「民眾的選擇」，其實是「某些民眾的選擇」。紙媒讀者並不一定是網上讀者，更不一定投票。

政治上，民主是以大多數人的意願為依歸，同時保障少數人的權益；而不是遵循少數人的意願，號稱保障多數人的幸福。民主從來不保證選出的就是最好的；不過，不好，下次就不選他。所謂多與少，流動變化，並非恆久不變。選政治領袖，這是目前較好的辦法；較好，因為沒有更好，不等於沒有問題。那需要很多條件配合，例如成熟的民智。

至於文學藝術上的普選，結果是叫座而不一定叫好。叫座，往往是一時的光輝，未必經得起考驗；長遠來說，叫好的逐漸累積讀者，會後來居上。當時可能看不清楚，不易判斷，後來才逐漸發現它的好處。例子很多，例如唐人選唐詩，入選得最多的是白居易，不是李杜；白居易固然是大家，宋代之後可不能跟李白、杜甫比。要成為雨果獎的選民，不難，繳交一點會費就行。我想，暢銷本身不就是一個獎麼？

此外，也許是題外話，我有個奇怪的想法，世間只記得當選者，沒有人關心落選者。我倒很留神落選者怎樣看落選，希望有人編一本歷來失敗者的說話，大體地反省失敗。雖然，精彩的不會太多，正因為精彩的不多……

西： 成功是過去式的，失敗卻佔有將來；我們，尤其年輕人，可以從失敗裏學習得更多。

何： 進場的人，就應該準備好退場。就這是民主的好處，最大的好處，落選罷了，而不是被打倒，永不超生，它可以轉為監察，這是一種和平轉移權力的方法，撇除近親與功臣的封建關係。當然，選舉既耗時，又花錢。一言堂無疑有效率得多。我說的是否毫不科幻？

西： 一面是推廣，另一面大概也是想質的提升。不過，看歷來的得獎，光輝過後仍然亮麗的，的確極少。如果作品沒有其他更多的東西，三十年前的科幻，就不再前衛，別說五十年前了。《地心探險記》之類，如今恐怕只有歷史的意義。可是太前衛，又可能超出讀者的理解和期待。尼爾·史蒂芬森的《潰雪》（*Snow Crash*, 1992），我以為是我目前看過新世代最好的，可說雅俗共賞，很奇怪，就沒有拿到這兩個獎；他其後的《鑽石年代》（*Diamond Age*, 1996）得過雨果獎。每年出版無數的科幻小說，讀者眾多，大多只為消閒，基本上這是個追逐暢銷榜的類型，有許多市場的考慮，從嚴格的文學要求來說，許多的確不值一看。但我發現，沙裏竟然可以淘金，其中也有寫得很好、充滿創意的作品。

何： 中國一直有陽春白雪來自下里巴人的傳統，不會看不起普及的文學藝術，至少半部文學史是這樣寫的，宋詞元曲明清小說，高手染指之後，成為正統。

西： 何況這反映一種新型的文化：電腦、互聯網、人工智能，所謂 cyberculture（賽博文化）。科幻作家許多都向各方面汲取營養，向主流，向後現代，其中一位榜樣是托馬斯・品欽（Thomas Pynchon），我一直認為英語世界他最有資格取得諾貝爾文學獎，因為他代表一種相當重要的文學流派，有創意，與其他的不同，這是向庫爾特・馮內果（Kurt Vonnegut, Jr., 1922－2007）、納德・巴塞爾姆（Donald Barthelme, 1931－1989）、約瑟夫・海勒（Joseph Heller, 1923－1999）、約翰・巴思（John Barth, 1930－　）、威廉・蓋迪斯（William Gaddis, Jr., 1922－1998），以及約瑟夫・麥凱羅伊（Joseph McElroy, 1930－　）等人致敬。而品欽幾乎是碩果僅存。

法國的新小說，不是也有一個西蒙（Claude

Simon）得獎？

何：　新小說，或者叫反小說（anti-novel）的名家，像薩洛特（Nathalie Sarraute, 1900－1999）、杜哈（Marguerite Duras, 1914－1996）、羅伯－格利葉（Alain Robbe-Grillet, 1922－2008）、布托爾（Michel Butor, 1926－2016）等人全去世了，算是一種類型的終結，其後是延伸的影響。但我們知道許多大家，像托爾斯泰、卡夫卡、博爾赫斯等等，在生時總沒得獎，是諾獎把他們錯過了。

西：　西蒙得獎，看來眾望所歸。當年，1985 年，頒給羅伯－格利葉、杜哈，都無所謂，我比較喜歡西蒙罷了。看西蒙，就會引領你認識其他的新小說。

品欽可能會拒絕領獎，但那是諾獎的問題。艾麗斯・孟洛（Alice Munro, 1931－　）當然可以得獎，一位不錯的小說家，但不是最好，她代表甚麼呢？我不知道。

何：　星雲獎呢？你剛獲頒星雲獎。

西：　別頑皮，彼獎不同此獎。事實上，中國、日本也有自己的科幻星雲獎。雨果獎之外，美國的星雲獎是美國科幻及奇幻作家協會頒發的，因為只頒一座看來像螺旋形的星雲的獎座，因此得名。這個獎比較看重作品的文學質素，評選的過程跟雨果獎相若。

何：　同樣包括劇本獎，例如李安導演的《臥虎藏龍》也曾得獎，對外國人來說，這是奇幻，因為他們沒有武俠小說這類型？一位年輕的華裔作家也曾同時獲得星雲獎和雨果獎的最佳短篇故事獎，他是劉宇昆（Ken Liu, 1976－　），作品是〈手中紙，心中愛〉（“The Paper Menagerie”）。2013年他的〈物哀〉（“Mono no Aware”）再獲雨果獎短篇小說獎。星雲和雨果之外，第三個較重要的，應該是紀念Philip Dick的迪克獎（The Philip K. Dick Award）。

英語世界的科幻小說獎還有不少，例如紀念《火星紀事》（*The Martian Chronicles*, 1950）作者雷・布拉德伯里的布拉德伯里獎（Bradbury Award），這個獎附屬於星雲獎，只頒給編劇，他的名著《華氏451》是敵托邦的佳作，不過幻想多於科學。杜魯福（楚浮）曾拍成電影。加拿大則有極光獎（Prix Aurora Awards），是科幻和奇幻的大獎，頒給英語與法語的作品。

西： 我記得《華氏451》電影最後是一群人唸唸有辭，在背誦被禁的書本。他們成為「書本人」。

何： 《華氏451》（2018）剛由美國HBO電影公司重拍成電視電影，導演是美籍伊朗裔的拉敏・巴哈尼（Ramin Bahrani），我在電視上看過，印象還是舊的好；新的改得較多，加入了甚麼「全知體」，由一隻椋鳥向其他動物撒播書本，「書本人」變成「書本鳥」。主人公蒙塔格最後犧牲了。原著的書本人是記一本，也焚一本。原著也有追捕書本人的機械狗，而記誦的是人類文化經典，雷・布拉德伯里提及中文的經典是孔子，電視電影出現《道德經》的影像，更有一個華裔演員背的是毛語錄。戲中那些書本人考驗消防員蒙塔格是否改邪歸正，佯作要他殺死另一個消防員，說「革命不是請客吃飯」。可不知導演怎樣看「文化大革命」？

華氏 451，是紙張燃燒的度數。在某某將來的一個國度，極權的獨裁者要把所有異見的書本焚毀，荒謬的是，消防員的工作不是滅火，而是放火。別以為這是想像，這是千真萬確的歷史，納粹黨就曾經焚書，在中國，當李斯提出焚書，秦始皇一聲「可」，儒家學者就有的把書本藏起來，有的背誦，自己成為書本。漢建立以後，仍然在生的「書本」就口述出來。口頭書本和後來出土的書本，兩造成為中國讀書人不斷爭論的文化大案。

西： 那麼說來布拉德伯里的《華氏 451》不僅有寓意，也是相當寫實。

2

何： 美國之外，加拿大、俄國、芬蘭、法國、德國都有科幻小說獎，名稱不同罷了。其中俄國的埃利塔獎兩年頒一次，倒可以說說，因為這是向蘇聯較早的科幻小說 *Aelita*（1923）致敬，作者是阿．托爾斯泰（Alexei Tolstoi），是文豪托爾斯泰的遠親。原著我們沒有看過，倒看到這默片 1924 年拍成的修復版，導演是著名的雅可夫．普洛塔薩洛夫（Yakov

Protazanov, 1881－1945）。Aelita 是火星女王的名字，據說影響了佛列茲．朗（Fritz Lang, 1890－1976）的《大都會》。

西： 導演從外國回流蘇聯拍攝，當年的蘇聯，正在新舊交替。

何： 列寧的新經濟計劃，容許若干個體經濟活動。

西： 電影呈現了社會的變化，開初時到處是流民、孤兒，到最後是社會安定、有秩序。電影也比較細緻地呈現人物精神面貌的變化，用了不少實景，讓我們看到當年的莫斯科，有不少閃回、想像的鏡頭，內容很豐富，人物眾多，火星和地球成為對照，又互換位置。不過就技巧來說，這令我想起同期的茂瑙（F. W. Murnau, 1888－1931），茂瑙才真正了不起，他拍出的 *Nosferatu*（1922），無人能及。感謝電腦，我的朋友陸離會替我補充一句：感謝電腦之父圖靈（Alan Turing），我們如今在 YouTube 上，可以看到他們的作品。圖靈，科幻小說名家也寫過圖靈，我們下次可要談談他。

何： 好的。*Aelita* 的街景，攝影機還是固定在三腳架上，人物在鏡頭前來去，再加以剪接。同樣是 1924 年，茂瑙拍出《最後一笑》（*The Last Laugh*），已創出「流動攝影」（released camera），攝影機像中國的手卷，可以移動、升降，伸向不同的角度，例如主人公在大酒店從司門被貶職到清潔廁所後，參加婚禮喝醉了，幻想自己仍然身強力壯，單手就可以舉起行李箱，贏得大家的讚美，鏡頭左搖右晃，融入主人公的主觀意識。

這《最後一笑》，如今看仍是大師的傑作，開場時酒店人來人去的旋轉門，這是當年的新事物，茂瑙拍得神乎其技。全齣電影影像流麗，充滿寓意，有新手法又有新內容，反映社會現實的勢利，一件守門人的制服，變成神奇大衣，成為身份的象徵。全戲根本不用說話，沒有孤立的所謂「金句」。它只出現兩次字幕，一次是經理把他貶職的字句，另一次卻是編導的介入，那才是真正的金句，出人意表，既引發同情，又兼寓諷刺。最後形式上也走出表現主義的光和影，忽爾通明起來。這電影太好了，可並不科幻，我是否又岔出了話題？*Aelita*，怎麼說呢？

西： 《最後一笑》並非與科幻完全無關，它看來寫實，卻突顯科技上的進步，而且是善用科技，配合內容，近年的科幻電影都受益於《最後一笑》，例如《引力邊緣》開場令人驚異的鏡頭，可以遠溯到茂瑙的移動攝影。當年的拍攝已有層次景深，表現鄰里上下的炎涼世態也很深刻，儘管是這樣，也不是沒有同情。老去，退下來是無可奈何的事，酒店把他調職罷了，也許更卑微，可不是辭退，這樣的酒店已不算絕情。別人嘲笑他，他主要還是過不了自己。

演員的演繹也很精彩，身穿制服與脫去制服，在人前人後，不同的變化就通過他的肢體呈現，那種誇張也是德國表現主義的特色，但人性也不是一味扭曲。反而 *Aelita* 是否科幻很成問題，主人公那場火星之旅，原來是他的夢境。他從電臺收到神秘的訊息，以為來自火星，他是工程師，因為家庭生活不如意 —— 以為太太愛上另一個討厭的傢伙，於是想到火星去，尤其是當他妒火中燒，把太太誤殺了。

何： 火星，是他尋找新生活的烏托邦。

西： 他可要失望了，那其實是敵托邦，由一個獨裁者統治，高壓、極權，是一個冷漠、嚴峻的社會。父女也互相計算。工人一旦沒有用，就成批地關進冰房。科學上很先進，可以把人冷藏，又製造出遠眺其他星球的望遠鏡，卻禁止所有人使用。他的女兒 Aelita 偷偷通過望遠鏡觀看地球，看到男主人公。通過外星人的眼光看我們，倒很新鮮，其實也是一種反省，他們稱地球人為 aliens。兩個不同星球的居民互相想像。後來的科幻電影，才有以外星人做主人公，從外星人的角度看問題。當然，這樣想，仍然是地球人的想像。真有外星族的話，能夠降臨地球，文明一定比我們高。像霍金所說的，我們最好不要自找麻煩。我的意思是，人類一直自我中心。

何： 近年荷里活的科幻電影則是美國中心。如果外星有人，這個「人」，何必要合乎人類對生物的界定？Aelita 有三個乳房，一身未來主義的服式，即使這樣，仍然是人類的複製，是 alien。火星原來是一個鏡子影像，看到的不是他者，而是自己。

西： 同去火星的還有一位革命軍人、一位亂打亂撞的「偵探」。太空船迅速劃過畫面，內部空間可寬闊得像一般人的客廳。到了火星，革命家協助 Aelita 搞了一場革命，把工人解凍，要建立一個火星蘇維埃共和國。可是 Aelita 奪得政權，立即成為另一個專制的獨裁女王。主人公和她爭執糾纏，把她推下高臺時，她忽然又變成了自己的太太。他這才驚醒，只是噩夢。誤殺太太、逃避到火星去，原來都只是一場「科幻」。這其實是一則天方夜譚的科幻版。你要尋找桃花源麼，何必在天外？我們記得那位巴格達商人，夢想到開羅尋寶，經過種種磨難，才知道寶就藏在自己的家鄉。

工程師回到真實的世界，和太太團圓，重修和諧互信的家庭，也投入重建新的社會，他把火星計劃之類送進火爐，電影裏他最後的一句話是：白日夢發夠了，我們另有要費神的工作。與其說這是科幻先驅，不如說這是對科幻想像的拒棄。對不起，太多要到火星、月球的故事了，就像當年許多蘇聯人嚮往西方，導演忠告觀眾：火星我到過，惡劣極了，我是從那裏回來的，你為甚麼要做這種地方的 alien？

何： 不同的人對火星的革命也許會有不同的解讀，就是對火星的看法，也會因時而異。若干年後，蘇聯不是不惜人力物力爭逐外太空麼？把國內的經濟也搞垮了。這電影的命運倒反映現實的變遷，受熱捧一輪，瞬即冷藏，像火星的工人，蘇聯倒臺後才解凍。

西： 只有藝術長存，真正的，像茂瑙那樣的藝術。

何： 人類異域的「旅遊敘事」，五百年前 Thomas More 的烏托邦，異域是用作現實的批判，陶淵明桃花源的男女，是為了避秦。即使威爾斯二十世紀初的《登月首二人》（*The First Men in the Moon*, 1901）寫月亮很可怕，把幼童關在罐子裏，訓練他們看管機器，但地球其實更可怕，根本就是要把他們變成機器。這書寫科學家和他的作家朋友乘坐飛行器登陸月亮探險。Men 是眾數，譯成「第一人」不對，譯為「第一批人」又嫌太多。科幻電影史上，第一齣是法國梅里愛（Georges Méliès）導演的《月球旅行記》（*Le Voyage Dans la Lune*, 1902），就改編自威爾斯這小說，再加上凡爾納的《從地球到月球》（*De la terre à la lune*, 1866）。*Aelita* 反過來是現實的頌歌。至於電臺那個神秘的密碼……

西： 哎，只是汽車廠故弄玄虛的廣告。

《大都會》

The Last Laugh 海報

喬治・威爾斯著，田原、胡筱穎、吳天嬌譯：《登月第一人》

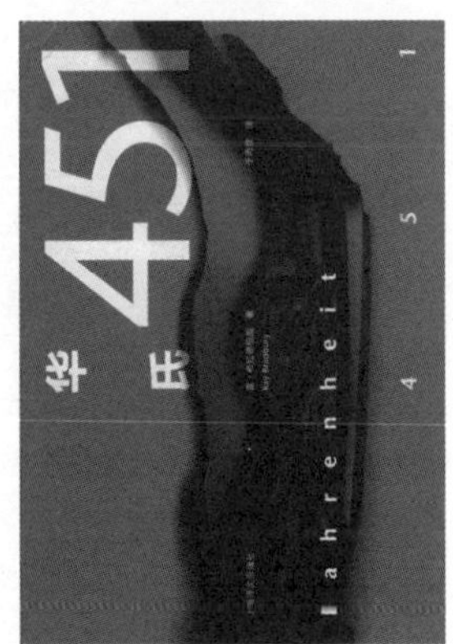

雷・布拉德伯里著、于而彥譯：《華氏 451 度》

甚麼是科幻？

古今機械人

∞

西：　甚麼是科幻小說？

何：　問得真好，我們談了許久，不是一直以為談的就是科幻小說？你一問，我忽然就朦朧起來了。那是科學加上幻想的小說，簡單明瞭。其實呢……

西：　簡單，但明瞭？

何：　哈！其實呢，早期用英譯「科學小說」（science fiction），魯迅就這樣稱呼。1950 年後師法轉移，用蘇聯的「科幻小說」叫法。「科幻」的確比「科學」更準確，也更有彈性。英文「science」一詞是修飾，「fiction」指虛構小說。不過對 science fiction 的界定，專家提出的有十多二十個。

西：　有幫助嗎？

何：　並不一致。我覺得中文「科幻」多一「幻」字反而容易理解。比如幻想（fantasy），我們很清楚，當然是虛構，是想像的其中一種形式，也許源自現實，但超乎現實，可以天馬行空，打破時空的禁錮。想像比知識更重要，這話要是普通人說的，會被認為是不學無識，可那是一位偉大的科學家的意見。我想到我們本地的教育，是灌輸荒謬的所謂「通識」，本來是一種學習的方法，卻變成好幾年的科目，結果收窄了其他的選修，到頭來還可能扼殺了學生的想像。

想像，中國這方面有過多麼豐厚的傳統。莊子的鯤魚化為鵬鳥，從北冥飛到南冥，是想像，更是幻想。西方但丁的《神曲》，遊遍天堂地獄，還有煉獄，也是幻想，那是作家的魔法。魔法不用向讀者解釋，讀者參與這種想像的遊戲，欣賞這種想像，不會煞風景地追問：這個，怎麼可能？又例如侯孝賢改編的唐傳奇《聶隱娘》，原著聶隱娘和磨鏡丈夫坐的蹇驢，一白一黑，叫白黑衛，原來是紙做的，平日放在布袋裏。多麼有趣的想像。多年前，我告訴一群年輕學生，馬上有好幾個要找原著來看。

西： 她的布袋，應該還有其他有趣的東西、有趣的玩具。

何： 從這個出發，大家都來想像一下，就叫聶隱娘的布袋吧。現代科幻其實也是從古代魔幻走出來的。這個布袋，不是可以變成如今的淘寶？看幻想的作品，我們不會發瘋，因為我們有 common sense，一種對常理的認識和判斷。又或者，像和路迪士尼哄小朋友說的 plausible impossible，某些東西明知不可信，仍然可以當真有其事地演出。迪士尼有商業的考慮，這是另外一個話題。

西： 幻想的作品，神話、傳說，從人類出現就有了，而且逐漸會把這些用文字語言傳承下去。比如《列子》就很精彩，〈湯問〉篇裏有許多奇幻的想像，很綿密，一個接一個，其中寫一位工匠為周穆王帶來一位倡優，會表演唱歌、跳舞，周穆王和妃嬪一起欣賞。最後，表演快完了這藝人竟然向穆王的侍妾打眼色。穆王大怒，要殺人了。工匠立即剖開倡優，原來是一個假人。這個假人由皮革、木頭、樹膠等東西製造而成，還有五臟六腑。拔掉它的心，就不會說話；除去肝，眼睛就不能看東西；摘去腎，就不能走動。這對應我們中醫的道理，外部出狀況，是由於內部出問題。豈不近似後世的機械人？《列子》一書距離如今的科幻，有多久了？

何： 很久很久了，列子真有其人，在莊子筆下，可以御風而行，本身就是魔幻大師，但一般認為現存的《列子》是魏晉人的作品，大約一千五百年前。這假人會看美女，向她們招手，簡直是人工智能。在〈周穆王〉篇裏，又有一位從最西極之國來的「化人」，這個化人可以出入水火，貫穿金屬岩石，翻山倒海，甚至能夠移動城市，懸浮在空中，實物不能阻擋，可以改變事物的形狀，改變人的思想，還會帶穆王飛到天的中央。這個化人，你可以當他是天外來客，也可以當他是機械人。

又例如東晉人的《拾遺記》寫秦始皇的故事，把書翻出來，是這樣的：

始皇好神仙之事，有宛渠之民，乘螺舟而至。舟形似螺，沉行海底，而水不浸入，一名「淪波舟」。

西： 這不就是潛艇嗎？但我們不會說這些故事是科幻。

何： 不會。

西： 為甚麼不會？〈湯問〉的機械人由內部的機關按鈕控制。西方用線操控的傀儡，要等到中世紀才出現。

何： 很了不起，這的確是古代最接近如今的機械人。中國人愛說「古已有之」，不過季羨林指出，《列子》不少抄自佛經，那位古代的機械人，來自印度的《生經》。晉人抄佛經的不少，例如《三國志》載曹沖稱象的故事，毛子水曾作文認為這證明中國古人已有科學頭腦，足以研究科學云云，豈知陳寅恪早就指出這來自佛經故事。這些故事，且不管中外，仍然是魔術，作家只寫其然，不寫其所以然。

西： 科幻小說家好歹要說明創造這個假人的功夫，多少運用科學的知識說明，這或者就是魔幻和科幻的分別吧。神話裏那個建造迷宮的代達羅斯，和兒子逃亡時做了翅膀，只交代翅膀用蜜蠟黏貼鳥羽。結果兒子飛近太陽，蜜蠟融化，掉進大海。有趣的是，有些魔法作家卻不喜歡科學，例如斯威夫特，在《格列佛遊記》裏可以讀到。

何： 對。斯威夫特面臨工業革命，卻對科學極盡挖苦之能事，他寫格列佛去科學院參觀，看到甚麼呢？一個科學家八年來埋頭設計從黃瓜裏提取陽光，然後密封起來，以備陰雨濕冷時放出來溫暖空氣。另一個更厲害，要把糞便還原為食物。不過，我插一句話，真的曾有意見認為飲尿有益，是自己早晨的尿，據說還有人研究吃糞⋯⋯又有一個建築師發明了建屋的新方法，從上而下一直蓋到地基。一個天生失明的人為畫家調色，又有人想到用豬來耕田，用蜘蛛網來取代蠶絲。

西： 把科學家當成一群瘋子，這當然是開玩笑。猶太泥人戈泠（Golem，或譯哥連）的傳說，也說明人對擁有強大能力的東西——這東西是自己創造的——既依賴，又不信任。戈泠是拉比用泥塑造的，用來保護猶太區，並且當傭工。六天工作，安息日休息。要它工作，就在它額上塗上密咒；要它休息，則抹去咒語。有一天，拉比忘了抹去咒語，這就麻煩了⋯⋯

何： 戈泠跑到城中大肆破壞。

西： 結果創造者只好把它毀滅了。瑪麗可能受到這個故事的啟發。這故事再發展下去，戈泠有一天會問：誰定的標準工時？我是誰？

何： 這猶太古代傳說有不同的版本，1914 年曾拍成默片 *Der Golem*，美國則稱為 *The Monster of Fate*，保羅．魏格納（Paul Wegener, 1874－1948）自編自導自演，如今在網上還可以看見殘片，即使殘片，也很精彩；1920 年重拍。

西： 也頗有科幻的味道，德國表現主義的佳作。戈泠泥黃色，好像從猶太區的泥土走出來，左搖右擺地走路，也呼應傾斜的構圖，再運用各種燈光，營造強烈的明暗對比，氛圍神秘，反映人物的心理，扭曲、變態的世界。

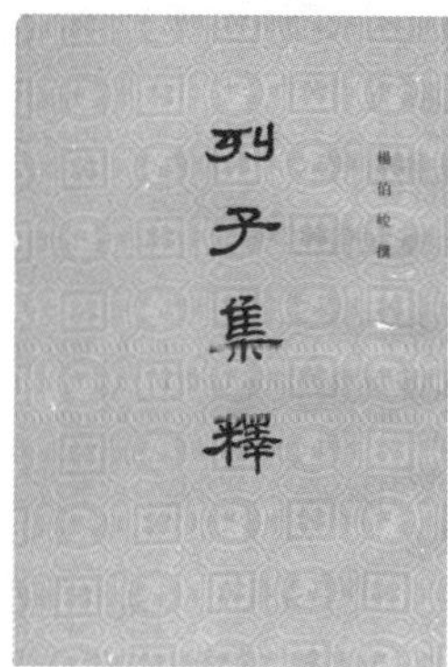

楊伯峻撰：《列子集釋》

Jonathan Swift, *Gulliver's Travels and Other Writings*

Der Golem

科幻與反科幻

1

何： 編輯《科幻小說百科全書》（*The Encyclopedia of Science Fiction*）的尼克斯（Peter Nicholls）認為科幻小說要有「科學意識」。科學是一種系統知識的陳述，要有論證，可以試錯，可以證偽。科幻小說不需科學的論證，也不能證偽，至少一時還不可以，卻多少需要一種解釋，真假的、技術上的解釋。給哈利一根掃帚，他就飛起來，那是魔法。為 science fiction 定名的根斯巴克認為這種小說應該 75% science、25% fiction，這當然是教條。這本來是矛盾的結合：一面要相關的知識，另一面，卻是愈出人意表愈好。

西： 這可以成為小說的張力。

何： 這是異類通婚，是否成功，仿某位球評家的廢話：一是入球，一是射失了。另一位科幻學者蘇恩文（Darko Suvin）把科幻小說解釋為「知性陌生化的文學」，又豈是科幻的獨得之秘？

約翰・坎貝爾（John Wood Campbell, Jr., 1910－1971；*Astounding Science Fiction* 主編）說得概括：「小

說寫的只是紙上的夢，科幻小說包括了對科技社會的希望、夢想和恐懼。」這是否說非科幻小說家不能寫科技社會的題材？所以，任何文學的界定，都很難令所有人滿意。其實連科幻是否「文學」，甚麼是「文學性」？要煩惱的話也真夠煩惱。

還是亞當・羅拔斯（Adam Roberts）從故事內容涵蓋的角度去描述科幻小說，比較穩妥：一、空間旅行（星際之間）；二、時間（過去或者未來）；三、想像性技術（機械、機械人、電腦、賽博格人〔cyborg〕、網絡文化）；四、烏托邦小說。他把烏托邦小說也列入科幻，理由是烏托邦裏寫了「新奇之物」（novum），這本來是蘇恩文的用詞。

西： 科幻小說的發展，雜誌推動的功勞固然極大，卻已並不是根斯巴克、坎貝爾所能預見。所以科幻一直有硬科幻、軟科幻的說法，那是狹義和廣義的分別，靠向科學的是硬科，不然就是軟科。科學家寫的往往較有根據，像阿西莫夫，他是生物化學博士。不是科班出身的，像瑪麗・雪萊，吸收了科學的新知，醫學的、電力的，同樣可以寫出傑作，她依靠的主要還是想像。軟和硬屬優屬劣，不能一概而論。這種分別同樣有爭議。真要分類型的話，我是主張從寬的，否則凡爾納的許多探險，就未必可以歸入科幻，而是奇幻，連《星球大戰》（*Star Wars*）也不見得。

何： 不見得。當年電影上演，一位洋老師離任時，有少年學生給他一張送別卡，裏面寫：May the force be with you。我見他一味大笑，問他甚麼是 force，他答學生當他是絕地武士（Jedi）。那一句大概表示 good luck、good fortune；相當於「願主與你同在」（The Lord be with you）。Force，不是甚麼科學。

西： 威爾斯的《星際戰爭》（*The War of the Worlds*, 1898），講外星族入侵，同樣是幻想多於科學。近年頗受歡迎的尼爾．蓋曼（Neil Gaiman），也是奇幻多於科幻，例如他最著名的《美國眾神》（*American Gods*）就是。

愛因斯坦認為想像比知識更重要，可沒有說知識不重要，他倒好像無意中點出了科幻這種文類的關鍵。前面引用《科幻小說百科全書》說的「科學意識」，其實就是「科學精神」。「硬科幻」雖然難以嚴格地界定，《百科全書》指出它的要求不在於真確的科學知識，而在於它尊重科學精神，它的描述應尋求自然的，而不是超自然或先驗的解釋。

無論如何，科幻畢竟是小說。科幻在英美的流行，特別是美國，不能單靠科學家的寫作，科學家也沒有太大的興趣，許多寧願寫科普。感謝他們，讓我們接近科學，不過成為文學類型，還得借重小說的形式，要有經營、敘事的能力，要科幻耐讀，就要是「小說」，不能單靠「科學」。早期的科幻，老實說，因為科學技術的進步，大多已經不好看，就像早期的科幻電影，許多只剩下歷史的意義。

何： 科幻電影發展到今天，可說回答了周穆王的問題，人力與造化同功，但一味依賴技術，或者只有技術，例如《變形金剛》、Marvel 的《美國隊長》之類，像武俠小說，一山比一山高，而且往往是金屬混戰，難分忠奸。看完了只留下不停的撞擊、不停的摧毀，令人麻木，真是金屬疲勞。這，其實也是科技的自我瓦解。科幻的一大特色，是內容上時空的涵蓋面。由此想到，評論小說，以為大題材，以為所謂國際視野是評價標準，那麼豈及得上科幻？那是全人類、宇宙的時空。我們似乎忘記了「假大空」的教訓。

不過到了另一極端，當本土科幻出現，旺角科幻、牛頭角科幻，那恐怕就是科幻世界的末日。可是過去學院並不因為科幻的宇宙視野而看得起科幻，只當它是次文類、流行小說。馮內果就曾訴苦被放置在標籤為科幻的文件櫃裏，因為一旦被放進這樣的櫃裏，人們就只看到科技，好像一位受尊重的作家不可能同時懂得冰箱的操作。

西： 瑪格麗特・阿特伍德（Margaret Atwood）也不同意自己的作品被稱為科幻。文學類型就是一個個文件櫃？好像穿衣，我喜歡有許多個口袋，只為了方便，但有時衣袋太多，變成老找不到要找的鑰匙、八達通。對我來說，小說的好壞和標籤無關。好作品可以打破分界線，改變偏見。當然，好壞對個人來說，是恆星；從大眾接受的角度看、長一點的時間看，卻往往是流動變化的行星。長時間來說，個人的恆星也會變動。

何： 這就是作品宇航時的考驗。

2

西： 馮內果並沒有說錯，評論家看小說，分了類型，就有不同的尺度。在科幻史上，瑪麗．雪萊的《弗蘭肯斯坦》是第一本現代真正的科幻小說，她寫了創造怪人的過程，但在主流的文學史，可以不提。

何： 大多不提，充其量稍提。我想，真正能夠雅俗共賞的不多，賞的也不會是同樣的東西。雅變俗較難，大多只會坍成黑洞，好的俗卻會變雅，成為某個銀河系的明星，像唐傳奇、元雜劇、明清小說。瑪麗不過想寫一個恐怖小說，一個好的小說，可沒有想到甚麼「科幻」。

西： 瑪麗當年只有十八歲。

何： 一個文青。她晚上和丈夫雪萊、拜倫等一群文友在瑞士日內瓦的一座古堡裏聊天，外面大風大雨，大家讀了 *Tales of the Dead*，拜倫提議各寫一篇鬼故事比賽。浪漫詩人浪漫完就算，結果只有瑪麗一個人認真，所以她成為冠軍，唯一的。《弗蘭肯斯坦》衍生了無數的恐怖、科幻小說、科幻電影，那簡直是科幻這個銀河系的太陽。瑪麗．雪萊自己才是創造的弗蘭肯斯坦。中國那位為周穆王做假人的偃師，本來也可以成為弗蘭肯斯坦，就欠那麼一種硬功夫，沒有創造的背景，或者過程。

西： 當人真的要扮演造化，又衍生甚麼問題呢？難得年紀輕輕的瑪麗會想到這樣的問題。技術遲早會突破，但還有宗教、道德、失控等等憂慮；你不能把創造物當棄嬰，不負責任。這是矛盾的，你的造工愈好，造物愈可能要求擺脫控制，就像學習語言，會怎麼……

何： 自我生成。

西： 對呵，寫小說是一樣道理，你把人物寫活了，人物的命運就只能隨着情理的發展，由不得你全盤操控。所以，寫作也是一種過程，你只能有一個大概的路線圖，一邊寫一邊生成，作者與作品互動。我必須強調，生活是一種過程，寫詩、寫小說也是一種過程。

《弗蘭肯斯坦》的題目其實是：*Frankenstein; or, The Modern Prometheus*，《弗蘭肯斯坦，或現代普羅米修斯》。這是一個永恆的主題：環繞創造的問題。普羅米修斯創造了人類，給人類帶來了火，得罪了宙斯，結果受盡折磨，但他拒絕認錯。為甚麼不認錯？神話沒有說，純粹是因為同情人類，認為這是正義的？這種對權威的挑戰一定也有很大的滿足感。無論人神，就是要質疑既定的規矩。

何： 史葛（Ridley Scott）的電影《普羅米修斯》（*Prometheus*, 2012）也是這個主題，這是舊作《異形》（*Alien*,

2003）的前傳（prequel），再加上《銀翼殺手》的變奏，前兩齣都是科幻的經典，這一齣再追問：創造的目的何在？為甚麼創造者會一手創造、一手毀滅？那麼人的存在有甚麼意義？然後一直追尋下去。科學家尤其要滿足 intellectual curiosity（知識上的好奇）。那位出資到外星考察的老闆，很老了，目的是尋找創造者，要求創造者讓他長生不死。我覺得史葛拍了《銀翼殺手》和《異形》，在科幻世界也可以不死了。他念念不忘，還要拍續集。*Prometheus* 之後又有 *Alien: Convenant*（2017）。

西： 好看嗎？

何： 影像都好，同樣有出色的片段，但整體而言，*Prometheus* 比前作遜色。*Alien: Convenant* 是 *Prometheus* 的續集，又退一步，絕無驚喜。*Prometheus* 人物的關係糾葛，男女主人公的、老闆父女的、船員的、各類型科學家之間的，那個創造的巨人和創造物，都着一點墨，卻是點水蜻蜓，這可能是科幻電影的弱項，真人成為了假人、科技的配角。電影裏最好的還是 Michael Fassbender 演的那個 robot。在 *Alien: Convenant* 裏再一分為二，同樣的 robot，一個是天使，另一個成為撒旦，一邊賣弄約翰．米爾頓（John Milton）的《失樂園》（*Paradise Lost*, 1667），壞天使問好天使，你想 serve in Heaven or reign in Hell？另一邊又張冠李戴，雪萊誤作拜倫。他自稱比創造他的人更完美，因為人會死亡，他則永恆。其實不對，他就了結了另一個。這個續集很尷尬，所有的驚嚇，其實失去驚嚇的效果，因為見怪不怪了，只為前作解「謎」，這謎，粉絲才有興趣吧。至於主人公，還是 robots。

西： *Frankenstein* 也是這樣，科學家 Frankenstein 是配角，科學怪人才是主角。許多人以為 Frankenstein 就是科學怪人的名稱。這是否矛盾？創造物成功的話，往往取代了創造者。

何： *Alien: Convenant* 的人物很模糊，幾對「名義上」的夫婦。至於 *Prometheus* 收結時船長和兩位船員倉卒間願意為人類犧牲，船長是黑人，船員一個黃，另一個白，也巧合得太「正確」。再看《弗蘭肯斯坦》，好處在意念，寫作技巧其實比較平庸。瑪麗・雪萊後來的科幻就不成功了。

西： 這小說，是英國十八、十九世紀哥特式小說流行的形式，大多是古堡、地牢，陰森，情節充滿怪誕，甚至恐怖，那是愛倫・坡的空間，我覺得當代的魯斯第（S. Rushdie）也有哥特式的文風。

何： 添・布頓（Tim Burton）的電影也是刻意這樣。科幻與魔幻的分別，也許看到科幻的特色，我因此想到，這也是為甚麼甚少科幻散文、科幻詩的緣故。

西： 只有談科幻小說、科幻電影的散文，又或者你可以寫一首表達這方面情思的詩，但沒有戲劇的細節，沒有科學的解說，哪怕是真真假假的創造過程。

何： 別忘了科幻小說之外，也有「反科幻小說」（anti-science fiction），1980年代歐洲人，尤其是德國人提出的，對破壞環境、空氣污染、核武競賽，以至所謂自由社會對人民滴水不漏的監控，科技的發展就像打開了「潘多拉的盒子」，放出所有的邪惡。德國就出過不少這類作品。日本的《哥斯拉》也可歸入反科幻，都是二戰的失敗國。

或者，還不妨加上加拿大阿特伍德的末世三部曲。其實「反科幻」，反的是濫用了「科」，造成人類的悲劇，又或者反的是那些根本沒有「科」的意識，對「科」實則無知的小說。「幻」是不必反的，也反不得。不過反科幻小說仍然可以歸入科幻小說類，因為科幻不見得都歌頌科技，不，是否愈來愈末世化呢？

■

John Clute and Peter Nicholls ed., *The Encyclopedia of Science Fiction*

遺忘與記憶：

《一日長於百年》

∞

何： 反科幻的小說，我想起艾特瑪托夫（1928－2008）的《一日長於百年》，這小說的科幻，只是主線的旁支，是否反科幻，可以討論，甚至不當是科幻，也未嘗不可，但小說是佳作，則無庸置疑。

西： 很少讀到中亞作家的作品，這書倒要談談。你看得比較仔細，你告訴我。

何： 只是慢看罷了，原著是俄文，我看的是中譯本，由三位俄語專家張會森、宗玉才、王育倫翻譯，也參照一下英譯。艾特瑪托夫的英文名是 Chyngyz Aitmatov，父親是吉爾吉斯人，母親是韃靼人。他寫了不少書，但《一日長於百年》是他最著名的長篇，這小說被歸類為科幻小說，要不是用俄文寫作，而是用英語，早應拿過雨果獎、星雲獎之類。不過我想，它也許更近反科幻。《一日長於百年》寫了十年，1980 年出版，83 年有了英譯，這在蘇聯解體之前，所以拿的是蘇聯國家文學獎。蘇聯解體後（1991），吉爾吉斯獨立，他長期擔任外交官，後期作品頗受爭議，但《一日長於百年》可能是中亞細亞最高水平的作品。由蘇聯分出了五個「斯坦」：哈薩克、土庫曼、烏茲別克、塔吉克、吉爾吉斯，其中以吉爾吉斯斯坦地方最小，人口不足六百萬。留意吉爾吉斯斯坦，還因為首都附近托克馬克（Tokmok）留有碎葉城的遺址，據說李白在這裏誕生。碎葉城又稱素葉城，玄奘在《大唐西域記》就稱為素葉城，這是唐朝設置的「安西四鎮」之一，清朝後期才被俄國侵佔。

西： 年輕時沒機會去，只好看書了。甚麼叫「一日長於百年」？

何： 英文是 *The Day Lasts More Than a Hundred Years*，出自那位《齊雅哥醫生》的作者帕斯捷爾納克（Boris Pasternak）的抒情詩“Unique Days”，寫於 1959 年。這詩有力岡、吳笛的中譯，題目是〈唯一的日子〉，詩分五節，最後一節是這樣的：

睡眼惺忪的時針
懶得在錶盤上旋動，
一日長於百年，
擁抱無止無終。

我看到的至少有兩個英譯，一般用的是 Lydia Pasternak Slater 的版本，詩題就是“Unique Days”，末兩句是：

Eternal, endless is the day,
And the embrace is never-ending.

並沒有「一日長於百年」的句意。另一譯本出自 Yevgeny Bonver，詩題是 "The Exclusive Days"，末兩句是：

And day is longer than all age,
And no end for warm embraces.

這才是書名的意思，但很難說誰譯得更好，除非你懂俄文，又懂詩。是否扯得太遠了？

西： 不遠，還是這題目，也還沒有說清楚甚麼是「一日長於百年」。

何： 要做一點熱身，準備好了？

故事的主要場景是一個火車的會讓站（siding station），會讓站管理列車的到發和會讓，這是為了確保多列火車安全又有效地通行，尤其是單線的鐵路，兩列相向而行的列車不能同時在同一區段內通過，這就需要會讓站員工的調度、安排。主人公葉吉蓋就是一個會讓站的員工。這個會讓站位於荒僻的哈薩克大草原薩雷－奧捷卡，這地方夏天酷熱、冬天極冷。到這裏工作的人，都是邊緣人，出於不同的原因，被社會遺棄。天地不仁，不仁，是 indifferent，全書就反覆出現這樣的老調：

在這個地方，列車不斷地從東向西和從西向東行駛……

在這個地方，鐵路兩側是遼闊無垠的荒原——薩雷－奧捷卡，黃土草原的腹地。

在這個地方，任何距離都以鐵路為基準來計算，就像計算經度以格林威治子午線為起點一樣……

列車駛過這裏，從東向西，或從西向東……

西： 可以作為分場，作為不同敘述的轉調，像列車行駛的會讓。

何： 對，偶爾也改換一下句子。全書十二章，第三身敘述，但主要通過葉吉蓋的眼光，從半夜開始，他的太太跑來告訴他，他數十年的老友、同事卡贊加普死了。當晚他就準備辦理喪事，要照卡贊加普的遺願，葬到祖墳阿納貝特去，翌日一早出發。小說整個過程只是夜以繼日，一日時間罷了，但他不斷想到過去自己的、朋友的遭遇，加上阿納貝特的傳說，真有百年的滄桑。不過，艾特瑪托夫原本的書名叫 *The Hoop*，即是環，或者箍，過不了審查，只好改成《一日長於百年》，又的確費解，所以曾以 *The Buranny Railway Stop* 刊行。

西： 那為甚麼是「科幻」呢？

何： 這是小說平行的副線，一邊是送葬的隊伍，另一邊是蘇聯的太空飛行，最後兩線相遇。就近葉吉蓋的會讓站，原來是蘇聯的太空基地，事實上，蘇聯著名的拜科努爾太空發射場位於哈薩克，接近吉爾吉斯。當葉吉蓋知悉朋友去世，同時就看見火箭升空的火光。這是一次緊急的發射，載人，因為美蘇合作的太空計劃出了事，兩大國攜手放置在太空的宇航船「均等號」忽然沒了消息，船上的兩位太空人，一美一蘇，失了聯絡，必須查明究竟。空中的「均等號」何嘗不是一個會讓站。蘇聯的宇航船在這邊升空，美國的則同時在內華達州出發。這是美蘇雙方的決定，在一艘叫「公約號」的航空母艦上發出指令，這艦也停泊在太平洋以南，美蘇兩地等距的三藩市和海參威之間。甚麼「均等」、「公約」，兩種敵對的意識形態居然合作，在冷戰的年代，兩國爭奪地上和空中的霸權的時期，這當然是幻想。看來公平合作，正面是利益均沾，負面則是不使一方獨佔。

美蘇兩位太空人到了均等號，發現失蹤的太空人留下一封信，用美俄兩種文字寫成，原來有外星族跟他們聯繫上，邀請他們去訪問。這外星叫林海星。據這兩位人類的訪客後來發回的描述，林海星人口比地球多，科學水平更高，而且長壽，百多二百歲，但沒有國家機器，沒有武器，不懂戰爭，他們研究了美、俄語，可以和人類溝通，為了交流經驗、開拓思想，林海人表示希望能夠訪問地球。兩位太空人的日誌說明，他們倆將於二十八小時後返回地球。

我開初覺得這個涉乎外太空的事故，和偏遠小民的生死有甚麼相干呢，一個離地，另一個貼地，真是風馬牛，最後才明白作者的用意。

公約號艦上的美蘇頭頭接到消息，驚惶失措，事態危急，立即指令：不要返回，守在均等號上待命。最後下了一個決定：拒絕訪客，拒絕任何和外星的聯繫，連曾訪林海星的太空人也不許回來，放逐了，並且連串火箭升空，構成地球一個保護環，警告會擊落任何靠近地球的飛行物。理由是為了維護「世界意識」，確保地球現存的秩序。當然也封鎖了消息，不讓地球人知悉。所謂探索太空就是這麼一回事。我再說下去。

西： 最好。

何： 細節很豐富，我說的是重點。我們回到葉吉蓋，這才是主戲。隊伍由葉吉蓋騎着駱駝帶頭，率領送葬的隊伍，他後面的是帶拖車的拖拉機，載了卡贊加善的遺體，由兒子和女婿陪伴，拖車後是掘土機。此外，還有一隻黃狗擅自加入，有時跑在前頭，有時殿後。卡贊加善的兒子本來認為就地安葬就是，犯不着走到老遠的地方。但葉吉蓋堅持，這是老頭的意願；會讓站的其他人也支持。這個兒子大學畢業後在大城市裹居住，搾乾了老爸的錢，再不肯回來，自以為認識新時代。到三十里外的阿納貝特，他以為費神失事。「阿納貝特」的意思是母親之墓，這是乃曼族的聖地，它來自一個傳說，這也是本書的題旨：記憶與遺忘。

當年柔然人入侵時，把年輕的俘虜的頭髮剃光，然後宰殺駱駝，把頸項皮切成小塊，趁熱黏上俘虜的光頭上，像膏藥似的，再捆綁手腳，圈在大木槽裏，不讓頭腦接觸地面，曝曬幾天，不吃不喝之後，死不了的，就永遠失憶，癡癡呆呆，成為順從的奴隸。這些忘記本族、不知身份、乖乖聽話的人，叫曼庫特（Mankurt）。一成曼庫特，六親不認，親人也只好放棄。

傳說有一個母親不肯放棄，她到處尋找兒子，相信即使兒子變成曼庫特，也可以喚醒他的記憶。當她找到兒子，兒子的確認不出她來了。她不斷說：想想你是誰的子弟？你的名字？你的父親，叫杜年拜！

悲劇是，柔然人唆使他用箭射殺母親，他照做了。她倒下時，她的白頭巾變成一隻鳥，不斷在高空呼喚：你是誰的子弟？你的名字……

母親埋葬的地方就叫阿納貝特。這種人對某片土地的情感依戀，是人文地理學者段義孚（Yi-fu Tuan）所說的「戀地情結」（topophilia）。阿納貝特，是他們對過去的感知，是他們的身份認同，反抗遺忘的態度，是他們的價值觀，以至世界觀。插一句話，段義孚的《戀地情結：對環境感知、態度和價值》（*Topophilia: A Study of Environmental Perception, Attitudes and Values*）值得研究人和土地的關係、風景與文學應答的人細讀。

再插一句話，這傳說不知真假，但柔然人在中國史籍上，被描寫得很殘暴，往往把仇敵的頭做成酒器。我在內地的博物館也見過恐怖的遺物。

西： 木蘭代父從軍，相傳對抗的就是柔然。

何： 是的。網上如果鍵入「Mankurt」一字，還可以看到土庫曼人拍攝的影片。這可見阿納貝特是象徵：對抗遺忘。死者的兒子，見過世面了，說話振振有辭，以為神話、傳說都是騙人的東西。他說神話裏的神，住在奧林波斯山，連自己也管理不好：

> 事實上並不曾有過甚麼神，那不過是神話、童話罷了。我們的神——他們就住在我們附近的宇宙飛行器發射場上，住在薩雷－奧捷卡大草原，因此我們在全世界面前感到揚眉吐氣。……將來會有一天，用無線電控制人的行動，就像控制機器一樣。你懂嗎？控制人，從老到小，一個也跑不了。
>
> ……
>
> 那時候每個人都要根據中心的指揮行動。他本人以為他是自由自在地生活，隨心所欲地行動，其實他是按照上面的指令行動。一切行動都按嚴格的程序進行。譬如說，如果要你唱歌，就發出信號，於是你就會唱起歌來；如果要你跳舞，就發出跳舞信號，於是你就會跳起舞來。……

西： 這豈不是科技時代的曼庫特？

何： 新的神祇，就連人的愛情生活也受中心指揮。葉吉蓋在旅途的回憶，是他自己受戰傷，是卡贊加善的父親被錯劃為富農，兩個老實的善人，天地不容，都只好到了這麼一個偏遠的會讓站。但篇幅最多、心之所繫的，是知識份子阿布塔利普一家，而巧妙地，那是上世紀五十年代初斯大林最後的日子、教條主義高漲的時期。阿布塔利普曾經參戰，被德軍俘虜，逃脫後參加南斯拉夫游擊隊，戰後由卡贊加善穿針引線，到了會讓站。卡贊加善生前死後，在書中都扮演這角色。阿布塔利普工餘當孩子的老師，他寫回憶錄，記錄被俘、打游擊的經歷，要孩子記得，就是他記下曼庫特的傳說，還記了一個吟唱歌手的故事，那位老詩人和少女戀愛，受族人及親人的排斥，被縛在樹上。他說：

我希望他們長大時不要以為是生活在空虛的地方。

　　一個有人，有人踏實地生活、工作，又守望相助的地方，就不會是空虛的地方。

西： 就有人會記得。

何： 可是阿布塔利普的回憶，有人打他的報告，被官方認為「反動」，因為「他沒有申明，如果沒有斯大林的天才，勝利是不可能的」；因為他教孩子寫的首先是「我們的家」，而不是「我們的勝利」，而「勝利和斯大林是分不開的」。結果他死在獄中。

隊伍終於到了阿納貝特，卻發現架上了鐵絲網，成了禁區，由兵丁守衛，外人不得進入 —— 外人，他們在自家的土地上，竟成了外人。衛兵並且要他們用俄語，不要用哈薩克母語。人民落葉歸根的祖墓，成為了國家火箭升空的基地，美蘇正在分別推行一個叫「環」（Hoop）的緊急計劃：發射九枚火箭，繞地球形成一個保護網，防禦外星的入侵。環，也可解作「箍」，語帶雙關。長官告訴葉吉蓋，阿納貝特墓地也會被平掉。

他們抗辯無效，只好就近把卡贊加善下葬，那好歹是當年母親認子、子弒母的地方。葉吉蓋主禮，那是穆斯林殯葬的儀式；他歎息後一代已無人懂得了。將來，他也要葬在這裏。然後，大家都回去了。葉吉蓋不甘心，和駱駝、和大黃狗留下來，還堅持要找主管爭辯。他和卡贊加善的兒子吵起來。一個說：阿納貝特不能平掉，這是我們的歷史。另一個說：都是老掉牙的傳說，這裏正在解決世界性的、宇宙間的問題。葉吉蓋說：「你是個曼庫特！地地道道的曼庫特！」收結時，當所有人都走了，只有他、駱駝、大黃狗，忽然，旁邊出現一隻白色的鳥，叫喊着：你是誰的子孫？你的名字……

西： 在這個地方，列車不斷地從東向西，又從西向東行駛……

何： 但我們不是曼庫特。嚴格而言，作者一仍寫實主義的作風，在敘事上並無突破，有時也嫌拖沓，我們也不一定同意那種「天人對立」的想法。不過他說故事的能力很高，繼承舊俄小說的傳統。對了，他寫大黃狗有點情趣，寫駱駝的片段十分精彩。

Chingiz Aitmatov, *The Day Lasts More Than a Hundred Years*

艾特瑪托夫著、張會森、宗玉才、王育倫譯：《一日長於百年》

巴特勒、比爾斯、克拉克

1

何： 英國科幻作家，H. G. Wells 之後，最重要的是阿瑟・C・克拉克，固然是他和寇比力克（Stanley Kubrick）合作《2001：太空漫遊》，更因為他寫出了許多佳作。

西：《2001：太空漫遊》成為科幻電影的經典。

何： 電影的主人公其實是一臺超級電腦 HAL 9000，它帶領太空船前往考察木星，途中自覺「生命」受到威脅，對人類下殺手，這是由於兩位科學家認定它出了錯，超級電腦應該不會錯的，不然就變得很危險了，他們暗地裏商量，要把它關閉。HAL 讀出他們的唇語，於是先設計流放了其中一個科學家到太空，並把另一個關在船艙外，又截斷、殺死了其他三個航眠的科學家。

後來，艙外倖存的科學家冒險得以進入了船艙，終於強行關閉了 HAL。這電影在 1968 年上映，初看時觀眾無不為戰勝了 HAL 而鬆一口氣。但多年後，和電腦一起長大的一代，開始轉而同情 HAL。這個超級電腦算是人工智能，有想法，有心計，它不過是保護自己。它逐漸斷氣時唱出一首叫“Daisy Bell”的歌曲，是IBM電腦最早唱出的一首歌，原作是英國的Harry Dacre，作於十九世紀末：

Daisy, Daisy,

Give me your answer, do.

I'm half crazy,

All for the love of you!

黛絲，黛絲，

告訴我呵，你的答案。

我半瘋半癡，

全因為對你的愛！

這是說HAL發瘋殺人，還不是出於對人類的愛？許多年後，在《星球大戰前傳》其中較早的一集裏，絕地武士歐比旺（Obi-Wan Kenobi）說：要是機械人能夠思考，我們就不存在了。但那個機械人R2-D2不是有主意，救了他們嗎？

西： 電腦要是有自我的意識、會思考，就會反抗製造者的控制。但最早寫電腦有自己意識、會自行演化的作家，是英國的塞繆爾・巴特勒（Samuel Butler, 1835－1902），早在十九世紀下旬出版過一本很有意思的書 *Erewhon*（1872），譯作《埃里汪奇游記》

（彭世勇、龔紹忍譯），這書在科幻史上並不受重視，雖然它並非科幻小說，而是想像，像魯賓遜的遊記，但對科技的發展提出了警告，語調是戲謔、是諷刺，卻很有遠見。敘事的主人公為了尋找新的土地蓄羊，到了一個奇異的地方，叫 Erewhon —— Erewhon 倒過來，就是 Nowhere。書中人物的稱呼，許多同樣是把一般的名字顛倒過來。主人公自己沒有名字，不過在續篇重訪裏則叫 Higgs。這地方有點像桃花源，不知在哪裏，但既不是烏托邦，因為有不好的生活；又說不上是敵托邦，因為有不錯的生活。它其實是對維多利亞時代習俗的諷諭，有肯定，也有否定。

其中有不少有趣的內容，針對我們的題旨，也是這書最有意義的篇章，是寫了三章對機械的想法。主人公自述一個古董商送給他一本書，叫 *The Book of the Machines*，書中指出這個奇異的地方不用機械、毀滅機械。過去，五百年前，他們是用過機械的，發覺機械危險，因為它會像人那樣演化，遲早趕過人類。演化是達爾文的說法，《物種起源》不久前發表，巴特勒讀後還寫過信給達爾文。既然物種會演化，那麼機械同樣會演化。Erewhon 的人認為機械也是有「生命」的。人要吃，機器何嘗不吃，不過吃的是燃料。人會病，機械會故障。人會繁殖，機械不會麼，它會借助人去繁衍，例如鐘會產生錶，而且是大量地生產。人有意識的生命要演化二百萬年，機械呢，短短的一千年已進步得多麼驚人。書中說：「無法證明，機械的意識不會演化。」機械有意識，Erewhonian 毀滅機械，就是想到不久的將來，機械會自我主宰，倒過來奴役人類。

何： 現在已進入奴役人類的初期，不，中期了，我們可以不用手機麼？不依賴電腦，不用這樣那樣的科技麼？法國的哲學家說，Erehwon，不止是 No where，更是 Now here。

西： 人工智能勝過人類，是遲早的事。目前，譬如下棋，人類最好的棋手就全輸給人工智能了。

何： 下的是圍棋，因為圍棋最複雜，象棋的棋子有等級，它沒有，每一只的功能都一樣；下法自由。戰勝人類棋王的是 AlphaGo，由 Google 研發，這公司承諾不會讓 AlphaGo 向武器發展。相信嗎？聶衛平說，人類要打敗 AlphaGo，唯一的辦法，就是關閉電源。記得十數年前，還有許多人斷定圍棋變數太多，電腦不可能勝過人腦。

西： 唱"Daisy Bell"輓歌的 HAL，仍然受制於人類，之前我們不是讀過一個短篇，當機械棋手輸了給人類，會怎樣呢？一怒之下，把人類、它的製造者殺死。

何： 這是安布羅斯·比爾斯（Ambrose Bierce, 1842－1913）的 *Moxon's Master*（1899），發表比 *Erewhon* 稍後。比爾斯就是那位出版《魔鬼辭典》（*The Devil's Dictionary*）的美國記者、作家，寫得諧趣，另有深意。比爾斯曾參加美國內戰，寫了好些內戰的小說，七十歲後留下遺言要去墨西哥參加革命，從此失蹤。墨西哥的名家卡洛斯·富安特斯（Carlos Fuentes）的小說《老美國佬》（*The Old Gringo*, 1985），寫的就是他的故事。上世紀八十年代末 *The Old Gringo* 曾拍成電影，由格力哥利·柏、珍·芳達主演。書的英譯很暢銷，電影卻好像並不成功。

比爾斯這小說，有趣的是，借一位敘事者的觀點，同樣認為機械有意識，甚至認為一切東西都有知覺，所有粒子都有生命，生命是各種異質的組合，回應外在並存的物事，既共時又歷時地變化。

西： 他舉植物，例如含羞草、攀緣植物會移動，都會思想，會因應環境，保存、延伸自己的生命。小說中的科學家 Moxon 試過在花園種植一株攀緣植物，稍稍長出泥土，他就在一碼之外另豎一棵稈莖，植物不久就向稈莖生長過去。他再移走稈莖，移遠一點，植物馬上機伶地改變追蹤的方向。這樣不斷改換位置，好幾次之後，植物好像也醒覺被耍了，放棄追蹤稈莖，轉而向較遠的小樹伸展過去。在 Erewhon 也有一段相似的說明，同樣認為植物也是有意識的：

我們能不能說植物不知道自己在幹甚麼，僅僅是因為它沒有眼睛、沒有耳朵、腦子？

這一次的例子是馬鈴薯，說馬鈴薯即使生長在黑暗的地窖，也會有他的小靈巧——書中用「他」（He），而不用「它」（It）。他很清楚自己的需要，並且設法爭取，看見光線從地窖的窗子漏進來，就讓自己的芽朝那裏爬，從地板爬到牆上，再從窗子爬出去。途中倘有一點泥土，他就會加以利用。一百多年前已有這種見解。植物有知覺，再而證明一切都有知覺，機械也是這樣。

何： Moxon 先生要反反覆覆地解釋這道理，到頭來用了自己的生命做證。敘事的主人公對他的說法姑妄聽之。主人公探訪 Moxon，離去時風雨交加，加上行雷閃電，再次折返，發覺 Moxon 正在和自己製造的機械棋手對奕。當 Moxon 勝了，機械暴怒，它的脾氣本來就不好，它握住了 Moxon 的喉嚨。然後，敘事者暈過去了；醒來，已臥在醫院裏。原來 Moxon 家中神秘地發生大火，也不知道是誰救了自己，而 Moxon 死了。敘事者變得甚麼也不確鑿清楚，也不能解釋，這是他許多年後的記述。

2

何： 克拉克的《童年的終點》（*Childhood's End*, 1953）是名作，寫外星族在二十世紀末君臨地球，為免人類自相殘殺——當時是冷戰年代，美蘇軍事競賽，他們眾多的飛船飛臨各大城市，旗艦駐在紐約上空，外星族的首長 Karellen 以顧問形式掌管地球事務，所以人類稱他為 Supervisor，他們並不顯身，只在幕後通過聯合國秘書長代理執行，聲稱五十年後人類習慣了，就可以看見他們。人類的反對派則成立自由黨（Freedom League），對抗管治。而自由黨人照例也有激進與溫和兩派。但無論如何，Karellen 為人類帶來了高度的文明，建立了一個安定繁榮的烏托邦，五丨年後人人有工開，有飯吃，有自己的房屋。

小說下文寫個別人類的表現，逐漸揭開這烏托邦的問題：經過改造，人類過去獨立的人格將會消失，將來的兒童互相融合，再沒有獨立性。換言之，人類諸般價值觀到頭來消失了，人類將再不是人類。

寇比力克曾想過把小說拍成電影，沒有成事，後來和克拉克合作改拍他的短篇 “The Sentinel” 成為 *2001: A Space Odyssey*（1968）。

好些科幻學者認為他最好的短篇是〈神的九十億個名字〉（“The Nine Billion Names of God”, 1967）。

西： 〈星〉（“The Star”），也很有意思。

何： 〈神的九十億個名字〉寫西藏的喇嘛要列出所有神的名字，花了三百年，他們估計有九十億個，甚麼上帝、耶和華、安拉等等，這些名字只是不同的人列出的標籤，名字要是全部列出來，再用他們的方法組合，他們相信就能找到一個真正的神的名字，他們就真的找到神了。他們自製了一張特殊的字母表，只需九個字母就能全部羅列下來⋯⋯細節不再深究了，不過一旦找出神真正的名字，就完成了人類被創造出來的使命，人類再沒有存在的意義，那是世界終結之時。他們對此深信不疑，一直用人手計算，不過再算下去，恐怕要一萬五千年。

這些喇嘛於是想借助現代科技。他們在外地租來一座超級電腦，並請來兩位洋人安裝、鍵入運作程式。兩位科技專家彼此偷笑，當喇嘛是瘋子，而且愚蠢至極。但一個願買，另一個願賣。他們在山上工作了幾個月，就快完工了，想到安裝好後，馬上就運算出來，要是世界仍然相安無事，喇嘛豈不怪罪他們，於是延遲工序，直等到山下飛機的班期，可以接走他們，到那時真是財到光棍手了啦。

終於完工了，他們沾沾自喜，因為當最後一個名字從電腦吐出來，喇嘛發現世界沒有完結，他們已乘坐小馬，快到達機場了。他們開始唱起歌來。收結時，他們抬頭看高空，卻目睹：

蒼穹之上，毫無徵兆地，星辰逐一閉上了眼睛。

這小說可以和阿西莫夫的《日暮》對比，一個開，一個收。而克拉克的文字講究得多。

西： 〈星〉同樣有關末日，而且是另一角度寫科技與宗教，裏面有不少硬科幻的材料，卻充滿抒情的筆調，寫得很好，和阿西莫夫比較，他的文學性較強。

小說透過一位科學家同時是耶穌會的修士敘述，

他是宇航的首席天體物理學家。科學和神學集於一身，不免尷尬，他不斷受到其他無神論的科學家的挑戰，同事也經常開他的玩笑。但這角度顯然是作家一個聰明、刻意的選擇。他當然也因此感到苦悶，在信仰裏掙扎。他們在宇航重返地球時，發現一個破壞了的星球，它的文化與地球相似，就在毀滅之前，在上面生活的居民預知大難將臨，就在球體之外一個小行星上，努力地建造一座龐大的穹形建築物，把他們所有希望保存的東西、所有智慧的成果，在末日之前，搬到這顆小行星來，希望在宇宙間還有其他的種族會發現它，而自己的存在不致完全被遺忘。

小行星和恆星有足夠的距離，不受恆星爆炸的影響。宇航的科學家對這種種努力大為感動，對主人公來說，尤其感到沉痛 —— 看到那些遺留下來的記錄、放映器、印刷精美並附有插圖的說明書，他們的文化充滿溫情、雅趣，城市也建造得很有韻味，這星球上的人並不邪惡，為甚麼會遭到毀滅呢？

修士根據天象與岩石的研究，推算出當年耶穌在伯利恆出生時，天上最光輝燦爛的那顆星，正是這毀滅的星球發出最後的光芒。這位修士這樣說：

上帝啊，您原本可以拯救眾多的星球，何必要將那些人推進火海呢？他們消逝在宇宙中的那一輝煌不就是可能照耀過伯利恆夜空的星光嗎？

塞・巴特勒著、彭世勇、
龔紹忍譯:《埃里汪奇游記》

Arthur C. Clarke, *Childhood's End*

2001: A Space Odyssey 海報

Ambrose Bierce, *A Horseman in the Sky*

#《平面國》的空間和色彩

∞

何： 我們談談過去一些科幻小說？

西： 好的，就過去讀過留下的印象談談吧。

何： 先談一本。你寫過英國作家 Edwin A. Abbott（1838－1926）的《平面國：一個多維度的傳奇》（*Flatland：A Romance of Many Dimensions*），那時你用了另一個譯名，「平面國」你稱「平坦地」；這小說 1884 年出版，我最近重看，覺得好些描寫，百多年過去仍然很有意味，所以我把你的文章找出來。

西： 寫甚麼，忘了。

何： 十數年前吧，並沒有結集，就錄在這裏，當是你的談話，好嗎？

西： 好的，然後你再補充。

英國人艾博特發表過一篇作品，名《平坦地：A正方形的多維空間傳奇》。既是傳奇，必有奇事。原來主角是個有生命的正方形，活在只有兩度空間的「平坦地」。該地一如其名，甚麼都是平的，可是階級森嚴，女性地位最低，連甚麼都不算，因為她們是直的。女性只是直線，連二維的形也沒有。男性則多是正多邊形，有正方形、六角形、八角形等。邊數愈多地位愈高。正方形只得四條邊，地位較低；圓形無限多邊，地位最高。

平坦地的大祭司嚴禁談論第三度空間，因為那是異端邪說。

一天，平坦地來了一位球體，帶領卑微的四邊形到另一世界去參觀，見到立方體等等，非常羨慕，懇求球體帶他去見識更高層次的空間，還設想可以節節上升，向第五、六、七、八度空間邁進。其願望沒有實現，因為球體不承認第四度空間的存在，把正方形拋回平坦地。而正方形，因為傳播第三度空間的邪說而被捕下獄。

二維空間的小說寫於 1884 年。如今，我們知道第四維空間是時間。透過電腦，我們必可進入更高層次的空間。

喜歡數學的人，一定會覺得更有趣，三角形、正方形、圓形、二維度、立體、三維度……這是幾何學的科幻諷刺小說，很有創意。

何： 作者艾博特，有譯為愛德華・阿伯特・阿伯特。三維度的討論可以追溯到古希臘亞里士多德，但把它寫成小說，通過幾何學的形狀，變成反映現實的寓言，而這現實並沒有完全過去，的確是了不起的創意。小說分兩部分，由主人公一個正方形（A Square）敘述，他是平面國的律師，卻有意無意，犯了平面國的法：不許講甚麼三維度、甚麼立體，因為平面國的人以為他們的世界是唯一的世界，他們的信念是最好的信念，其他的，是異端邪說，損害了平面的利益。揭穿了，其實是損害當權者的利益。圓形就是當權者，一群教士，其中一個是教主。這是第一部分，講述平面國的法則、階級，真是森嚴極了，這是個以形狀定性的社會。女性最受歧視，是直線，而且被描述為極度危險，因為她們很尖銳，像標槍，移動時會傷害其他形狀。男人出入大門，她們是東側的小門。

西： Abbott反映了維多利亞時代英國女性的狀況，她們並不擁有自己的財產、不能訴訟，當然也沒有選舉權。婚後只是丈夫的財產。當年有一首流行的長詩，寫女子是「家中的天使」（The Angel in the House），作者在詩中描繪他心目中理想的妻子，成為無數英國男性的理想，其實是理想的女奴，詩有前言，這幾行，替我查出來，謝謝：

Man must be pleased; but him to please
Is woman's pleasure; down the gulf
Of his condoled necessities
She casts her best…

女子耳濡目染，居然也會當這是自己的天職，這所以後來吳爾芙說女子要寫作，先要殺死「家中的天使」。

何： 這是中文的甚麼「女為悅己者容」，別以為這種想法已經過去，我最近還聽到一家電臺的女 DJ 仍然這樣說。某些不合理的制度，某些特權，經過長期灌輸，會內化，會成為理所當然，受害者甚至為之辯護。平面國總算容許有一點社會流動，正方形和其上的階級生了男孩，會比父親獲得多添一條邊，正方形其下的兵士、工人等則無此待遇；女子麼，生為女子，一生為女子，改不了。據說這是「自然法則」。書中寫：

> 我們平面國國民，除了尊敬最崇高的圓形，要是有了孫兒，就得尊敬孫兒，不然就得尊敬兒子。尊敬不同縱容，而是一切以兒子的利益為先。

這是如今的「孝子」，孝敬兒子，起跑時，要贏在多一條線。但 Abbott 寫的遠不止此。

西： 第二部分，主人公正方形先是在夢中遇上直線國（Lineland）的國王，他告訴這位直線國王二維的世界，但發覺對方既無知又固執，甚至想殺死他。然後因為一位立體國的球形到來探訪他，告訴他三維的世界，這次輪到他自己變成既無知又固執了。不過經過球形娓娓的引導，他明白長、寬之外，原來還有高度；並且帶他從高俯看，大開眼界，看到所有平面的空間，看到平面的狹隘。他回來後成為異見份子。為甚麼回來？因為立體國的球形啟發他對三維、四維，以至五維六維七維的好奇，不斷向球形查問，把球形煩死，怎麼還有四維，更不要說五六七維？把他逐回平面國。《平面國》之後大約十年，H. G. Wells 的《時間機器》就寫人在第四維度的時間裏旅行。

何： 對，三維度的世界又何嘗可以想像其他的世界？他們同樣不能容忍宣揚第四維度的人，要把他們收監。我們都受點、線、平面、立體、超立體甚麼的一體之見所囚禁，加上所謂「好惡亂其中，利害奪其外」，要突破成見真不容易。別以為平面國一直是單調乏味的黑白，記得嗎？平面國曾發生一次彩色革命。

西： 約略記得，一段色彩繽紛的日子。

何： 足有六百年，這是為平面歷史平面小說加添的波瀾，不是平面直敘，很有必要。平面國的下層社會依靠觸覺技巧 Art of Feeling，觸摸對方的稜角來辨別彼此，但這被認為是次等的，上流社會則使用視覺。

西： 視覺辨認的技巧。

何： 原文是 Art of Sight Recognition，但這要訓練，也並不鼓勵下層社會這樣做，一個低等人觸摸上流人，簡直是冒犯。可能會摸出，原來他們也不過爾爾，憑甚麼比我們高級？這社會，好一個敵托邦，下等人本來還可以依靠聽覺 Art of Hearing，但他們會冒充上等人的聲音，聽說因為他們，尤其是女性，說聽的器官較發達，於是也不受鼓勵。人的交往就靠諸如此類特別的技巧，充滿階級烙印的技巧。我原本想說甚麼？

西： 色彩……

何： 對，許多年前，一位五邊形發現了基本色彩的法則，就用顏色這裏塗塗，那裏塗塗，並且往自己、家人身上彩繪，發覺既好看，又方便看，馬上傳遍全國，大家都塗上色彩，再不用觸摸彼此了。只有女性和教士才沒有染上色彩瘋，因為前者只是線，並沒有邊 side 可言；後者，自以為是完美的圓，無需色彩，其實也只是一條邊。

既得利益的當權者當然拒絕色彩，他們以為色彩是不科學、反社會、傷風敗俗、動搖平面根基。無論如何，平面國經歷一段黃金時代。色彩帶來情趣，帶來各種可能，連民間語言也充滿色彩，於是產生美妙、多元的文學想像，留下優美的言辭、動人的詩。你可以想像平面的人會寫詩麼？會搞一兩個正方形與多邊形詩裏甚麼 Art of Colour、甚麼後平面的色彩研討會麼？

西： 會遊戲，會玩玩具麼？

何： 如果不會，它也不會讓你玩。它玩政治，玩鬥爭。結果，我們知道，被鎮壓了，一切回復黑白的平面。Abbott 寫物極必反，當某些東西過了頭，就會失去其他。到頭來，有一些激進的彩色份子，勝利沖昏了頭腦，以為色彩至高無上，再無需其他了，並且要為色彩立法，要讓所有形狀在法律上平等，獲得同樣的權利。其中一個色彩騙子，搶了顏色店的顏色，又騙了少女的愛情，被當權者抓到機會，乘機反撲，挑動貴族、女性的矛盾，再出動士兵。從此，作者這樣寫：

> 顏色被嚴格地禁用，不許擁有顏料，封鎖所有顏色的言辭，除了圓形或獲得認證的科學教師，其他人提及色彩都會被嚴懲，只有大學裏深奧的數學課程才可以稍稍運用色彩的解說。

色彩從此在平面國消失了。我想起甚麼呢？

西： 甚麼呢？

何： 秦朝的焚詩書。根據艾恩・史超華（Ian Stewart）新近為再版《平面國》寫的注釋前言，指出維多利亞時代的知識份子大多互有來往，彼此交流想法，以至互相影響。Abbott 跟雪萊夫婦、拜倫認識，還有《差分機》小說中那位數學天才 Ada、Charles Babbage 等人。這些人的生活，遠比做牧師的艾博特更多色彩。

西： 這些人，都進入第四維度了。*Flatland* 之後，還有艾恩・史超華自己寫的 *Flatterkand*。史超華是數學家，也寫科幻，他寫這題材當然最有資格。

何： 那是寫 A Square 的玄孫女 Vikki 一百年後無意中重新

發現 *Flatland* 這本書，展開後續的故事，運用更多的數學知識，探索更多想像的世界。*Flatland* 批判我們的偏執，也開啟我們對其他未知世界的好奇。

休息一下，下次再談另外一兩本書吧。

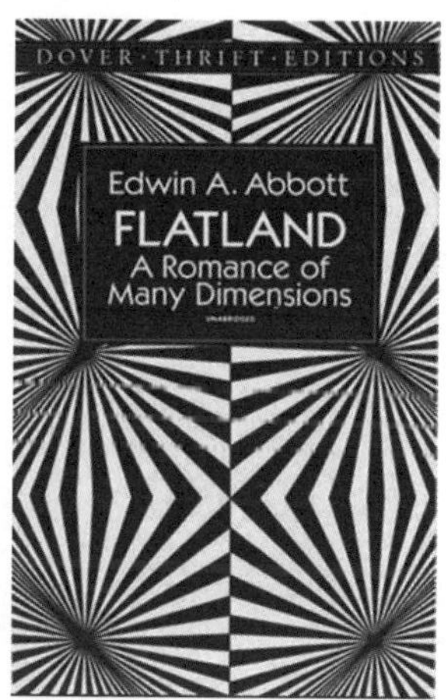

Edwin A. Abbott, *Flatland*：*A Romance of Many Dimensions*

愛德溫・艾勃特著、賴以威譯：《平面國——向上，而非向北》

阿西莫夫、機械人三法則

∞

西： Robot這名稱來自捷克卡雷爾·恰佩克（Karel Čapek）的舞臺劇《羅索姆的萬能機器人》（*Rossum's Universal Robots*, 1920），原文作Robota，後來成為通行的Robot。恰佩克寫了著名的科幻寓言《蠑螈之戰》（*War with the Newts*），或譯作《鯢魚之亂》。我們習慣叫機械人，內地和臺灣都稱機器人。這小說其實是一個政治寓言。機械人故事是科幻一大主題。

何： 是的。這方面不得不提阿西莫夫，早期英語三大科幻作家，阿西莫夫、羅伯特·海萊因、阿瑟·克拉克，各擅勝場，但機械人故事最重要的還是阿西莫夫，意念、問題，大多來自他的機械人小說，著名的機械人三法則（Asimov's Three Laws of Robotics），就列明在《我，機械人》（*I, Robot*）一書的〈團團轉〉（"Runaround", 1942）裏。這書收錄九個短篇，有一個共同的主題：人與機械人的關係，道德、信諾，以及人類對新科技的懷疑：複雜的弗蘭肯斯坦情意結（Frankenstein complex）。「Robotics」

（機械人學）一詞就是他創造的。

不過論者認為他最好的科幻小說是《日暮》（*Nightfall*, 1941），這是1965年之前的作品，寫某某有六個太陽的行星，終年光天化日，人們從不知道黑夜的樣子，但考古學者發現，每隔二千多年五個太陽會落下來，唯一的一個會被另一個星球遮蓋，於是陷入黑暗，文明也會因此告終，小說的收結寫：當那時刻來臨……

西： 滿天繁星。

何： 打開了眼界，發覺這球體，不是地球，不過是千千萬萬星球之一，而自己的文明顯然也並非獨一無二。這小說與機械人無關，它的重要，或者可以理解為拉開了科幻天地的序幕。我覺得還是他的機械人有趣。在他筆下，機械人會思考、有心術，會鑽空子，會產生勝過人類的優越感。

西： 何以說是1965年之前？

何： 美國科幻及奇幻作家協會成立於1965年，會員不限美籍、不限居所，只需曾在美國發表作品，成立後從1966年開始，每年由會員投票頒發星雲獎。但1965年之前的呢？於是再由會員另外推選從1929年至1964年的佳作。《日暮》是其中之一，甚至多次被評定為最佳。但阿西莫夫的作品，包括他一系列的「基地」（Foundation）小說，多年後看來，仍以寫機械人的最有意思。

西： 那就略作介紹，科幻世界裏機械人多不勝數，從本來是機械的機械人，或者「安卓」，到人化的機械人「人工智能」，再到人和機械混合的「賽博格人」，但我們總首先想到阿西莫夫，要談談他的機械人手冊。

何： 不怕悶。

西： 說得不悶就不怕。

何： 怎麼說呢？阿西莫夫後來又出了《機械人全集》（*The Complete Robot*, 1982），他在序文中指出，最初寫作機械人，是有感於第一類「有威脅性的機械人」（Robot-as-Menace）的作品太多，第二類「有愛心的機械人」（Robot-as-Pathos）則甚少，於是寫了一個機械人保姆和小女孩的故事，叫〈小露比〉（"Robbie"），因 Robbie 在危急時救了女孩，改變了女孩母親對機械人的偏見。那是 1930 年代底，阿西莫夫還是個大學生。這小說不免生澀、粗糙，但在寫作的過程裏，逐漸也感受到機械萬一出錯，或者機械人自作主張的問題，需要加設安全機制。

他稍後的作品就列明機械人三法則，據說這是和雜誌編輯坎貝爾討論得出的。這位大學生寫了小說，跑到雜誌社去找編輯，然後稿子被退回，編輯提了好些意見，後來兩人成為好友。但三法則意念明顯轉化自牛頓的三條運動定律（Newton's laws of motion），牛頓的運動定律是經典力學的基礎，這位年輕小說家的定律卻成為科幻小說機械人的基礎：一、機械人不得傷害人類，或因不作為而使人受傷；二、除非違反第一法則，機械人必須服從人類的命令；三、在不違反第一、第二法則下，機械人必須保護自己。

多年後，1985 年，阿西莫夫在《機器人與帝國》（*Robots and Empire*）書中，再在前面多加一條〇法則：機械人不得傷害人類這族群，或因不作為使人類這族群受到傷害。

美國的機械人出產公司，在機械人出廠時把法則存記在機械人的正子腦中，所謂「正子腦」（positronic brain）是他的虛構。你以為機械人有了基本法則從此就安全了嗎？

西： 我想到就像貼在食物或物質外部的資料標示，真的就安全了嗎？沒有標示的年代當然難以監管，但有了，那些商品自稱Low Fat，沒有添加劑，你可以完全信賴嗎？Sugar Free，用的往往是代糖。還有食用日期，你只能相信商人都守法。

何： 半世紀後的科幻，機械人已發展到或人為或自行修改法則，變成殺人武器。但當年，造物之人對人造之物已不盡信任，已有危機感。

西： 阿西莫夫的機械人小說，已可見機械智能的逐步增長。從小小的露比，是玩伴，逐漸有了自己更多的想法。

何： 我讀〈團團轉〉時，不明白第一法則的下半句「或因不作為而使人受傷」有甚麼用處。讀了稍後的〈走失的機械人〉（“Little Lost Robot”，1947）才明白它的深意。這是一個黠慧的機械人，走失了，其實是躲起來。後來，科幻就出現很多 runaway robot，例如克里福德・西馬克（Clifford D. Simak，1904－1988）的 *All the Traps of Earth*（1960），寫一個六百歲的機械人，叫 Daniel，為了逃避到期被銷毀的命運，偷跑出來，登上了太空船，竟然無意中獲得超自然的心靈感應的能力，能夠解決問題。這是一個打破三法則，追求自由意志的機械人。小說的收結還是樂觀的，非常樂觀，這個獲得超能力的機械人對人類原來有極大的助益。

〈團團轉〉中的機械人為甚麼躲起來呢？因為它新來到研發超原子引擎的基地，它是新型號，不過跟其他的一模一樣，又喜歡問這問那，他的主管研究員是一位年輕人，覺得它煩厭，破口罵它，罵它蠢，還叫它 get lost！它聽令，馬上消失，躲進其他六十二個機械人之中。為了遵守命令，它說謊，不肯招認是走失的一個，甚至會教唆其他機械人，避過考驗。

走了就走了，有甚麼大不了？問題是，美國是全球獨家出產機械人的公司，出於商業考慮，把第一條法則刪除了後半句：「或因不作為而使人受傷。」因為在伽馬輻射場中工作，人可以抵受一陣中等的輻射不受傷害，機械人就不行，立即就會報廢，但它會因為遵循第一法則而不惜拯救人，不能「不作為」（inaction）。本來第三法則是要機械人自保，但第一、第二法則優先。損失一個機械人，那是兩百萬美元，所以商人把下半句刪去了，讓它們可以「不作為」。消息必須保密，以免引起外間對機械人的恐慌，影響銷量。

公司找來兩個專家幫助尋找，其中一位是蘇珊．凱文（Dr. Susan Calvin），她是機械人心理學家（Robopsychologist），是阿西莫夫機械人系列的主人公。

西： 這人物有點像福爾摩斯，又有點像美寶小姐（Miss Marple），有趣的是，她對付的是機械人的心理。1940 年代，已經想到機械人如果出狀況，會是心理問題。那個年代，還沒有機械人哩。

何： 阿西莫夫想到機械人會有心理問題，但他筆下的凱文博士對付機械人，每戰必勝。書前的序文，是老去的凱文接受記者的採訪，回憶她和機械人的故事。這可說是科幻的「審慎的樂觀時期」。她警告刪去第一法則下半句的嚴重後果：例如倘有重物從高空向人墜下，它可以袖手旁觀，甚麼也不做，因為殺人的是重物，不是它。而這，甚至可能是機械人設計投下的。問題不可謂小。於是展開對六十三個機械人的心理測試，她和這個逃跑的機械人鬥智；因為明知是機械人，即使有圖靈測試也沒有用處。最後，你知道，當然人類成功了。

西： 繼續，後來怎樣成功？

何： 這是劇透，有人說看了我們的談話就不必看書了。對，這樣說的人，反正就不會看書；也有其他人，會因此找書來看。經不起劇透的書、電影，會是好書、好電影？

躲起來的機械人會教其他同類統一口徑，因此查不出來。而她觀察到，因為一而再鬥勝了，機械人會愈來愈有優越感，覺得自己比人類優勝，躲起來的動機，就不再是服從命令，這可危險了。最後她想到把機械人分隔開，不得通風報訊，她自己坐在測試的場中，前面有伽馬射線的電纜，但暗中裝上可以切斷電流的繼電器。然後讓高空墜下重物，假的重物，先前墜過真的重物，同時立即切斷電流，沒有機械人救她，都「不作為」，因為要自保。只有一個撲過來把重物推開，因為它曾經學習，會發問，知道那不是伽馬射線，而只是紅外線。於是找出它來了。

西： 這和同名的電影不相同，只取逃跑的意念，編出機械人作亂的陰謀，它們有了自由意志，要突破這三大法則，唯有革命。何況，它們也並不以為造反有違法則，殺害某些人，是為了保護更多的人。這其實也是某些強權的藉口。電影中的凱文博士成為製造機械人的專家，後知後覺，沒有讀懂機械人的心。

何： 對。另有一個故事，講機械人競選市長，更當選了，那是〈證據〉（“Evidence”, 1946）。在其後的小說（“The Evitable Conflict”, 1950）裏，它甚至當上全球領袖（world coordinator），比較有趣。是否也要說說？真的不悶？

西： 你說吧，我做一會兒聽眾。

何： 一個車禍受傷的律師，休養了一段日子，出來競選市長。他的對手懷疑他是機械人，因為他看來不吃不睡，做的是檢察官，總認為犯人是無辜的，從不判罪。對手又找來凱文博士。他就在博士面前表演咬了一口蘋果，之後又避過了記者X射線的拍照——據說是穿上抗射保護衣，不過他拒絕接受身體X射線的分析，認為那是私隱，公民的權利必須保障。最後，他不聽競選經理人的勸告，在群情洶湧、弗蘭肯斯坦情意結高漲之下公開演說。一位反對者走上來，眾目睽睽下向他挑戰：要證明你是真人的話，就打我吧，因為機械人是不會傷害人的。他果然出手打人。凱文博士於是宣佈：他是真人。他當選了。

其實那個真人，車禍後成了瘸子，卻造了另一個扮演自己的機械人去參選，利用人類的卵子，以激素控制，骨架用多孔硅環氧樹脂等複合材料培養，真眼、頭髮、皮膚，加上正子腦……

但為甚麼凱文博士會認為它是真人，不揭穿它？原來她相信一個謹守三大法則的機械人做市長，會比一個好勇鬥狠、作虛弄假的真人好得多。那三大法則，其實也是人類普遍的倫常法則，要是人人遵守，社會就好。例如第二條「必須服從人類的命令」，我們不是要服從尊長、法官、醫生、老闆的指示麼？

西： 這麼一個市長不會暴虐、欺壓人，不會傲慢，會保護公民權益，這小說真有意思。但還要解釋它為甚麼會出手打人？

何： 當然不可以打人，無論是任何人，都不應該使用暴力。但如果不是人，而是一場表演，被打的是另一個機械人呢？凱文向我們暗示。

西： 阿西莫夫的小說，平鋪直敘，很少環境描寫，沒有氣氛營造，只是說明，很多的對話，時而重複，技巧是說不上的，這恐怕和他一直不停大量地寫，包括科普、歷史，較少文字的琢磨有關，這其實也是科幻小說家的通病，追求情節，恐怕落後於人，比如早期凡納爾寫了六十多部，不停探險，探險是手段，更是目的；剛才提到的西馬克，長篇二三十部，加上無數的短篇，這個未完就想到下一個。這或者也是科幻被視為流行小說的一個原因，很少在美學上創新。小說家，怎會不思考怎樣寫的問題？

Isaac Asimov, *I, Robot*

Clifford D. Simak, *All the Traps of Earth*

Isaac Asimov, *The Complete Robot*

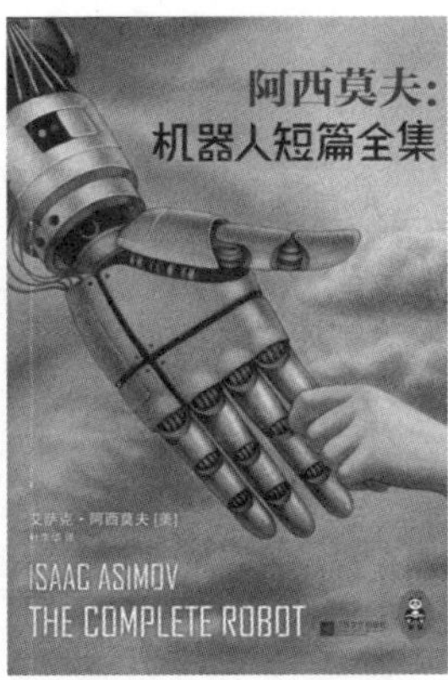

艾薩克·阿西莫夫著、葉李華譯:《機器人短篇全集》

機械人的道德感、同理心

1

何：　機械人始終是科幻小說、科幻電影的一大主題。從機械人發展為仿生人，那是機械與人的結合。不過到目前為止，仿生人的時代仍然是想像，也許不會太遠了，機械人卻一直在研發中。據說去年（2017）韓國科學技術院（Korea Advanced Institute of Science and Technology，簡稱 KAIST）開始研發智能機械人武器，觸發五十個國家、地區的人工智能專家起來抗議，他們聲明：人工智能的機械人武器會加劇軍事競賽，令戰爭惡化，並且會被恐怖份子利用；潘多拉的盒子一旦打開，將無可挽救。抗議的專家，有否隸屬真正的軍事強國？美國發展立體打印的軍備，那些無人飛機之類，其實不是正在研發機械人武器？剛逝世的霍金曾表示對發展 A. I. 的憂慮，科幻的世界早就反映這種憂慮。

西：　最近敘利亞內戰不是傳出有一方使用生化武器傷害平民？研發智能機械人武器，可能是人類最大的危機。要是真有外星族，在它們入侵地球之前，地球人已經因此而自取滅亡了。機械人的能力遠遠超過人類，要是它會自行演化，就很可怕了。

何： 有一個國際組織，叫禁止化學武器組織（Organization for the Prohibition of Chemical Weapons，簡稱 OPCW），正進行調查。但除了譴責，還有甚麼更好的辦法？阿西莫夫製定的機械人三法則已變得太簡單了，守則針對的是機械人，創造機械人的人類呢？是否更需要一套研發機械人的倫理，又有力地執行？否則，有一天，機械人醒來，質問：我為甚麼要受制於能力遠遠比我低的血肉之軀？是我創造你啊，人類求情說。是的，人類自己不是津津樂道弒父的神話，稱為俄狄浦斯情結，為了進步，父權必須打倒麼？

西： 最近讀到新聞，日本的光福寺為機械狗舉行法事，超度機械狗的亡魂。詳細的內容是怎樣的呢？

何： 那是法新社的報道，日本千葉縣光福寺的住持為一群壞了的 AIBO（Artificial Intelligence Robot，人工智能機械人）機械狗誦經祈福，祈求它們的靈魂得到安息。AIBO 是日本 SONY 公司研發的，1999 年出廠，配備視覺、聽覺、觸覺等感應器、揚聲器，新型號還會說話。但 SONY 電子業一度陷入困境，至 2006 年停產，各種產品之中機械狗卻很成功，售出十五萬隻。停產後不久也就停止維修服務，加上零件短缺，機器狗於是逐一告終。超度法事在 2015 年開始舉行。祭壇上註明它們的來源、家庭。這當然是戲，但儀式倒很嚴肅認真。高僧為機械狗讀經祈禱，司儀卻是新型號的 AIBO，參觀的是其他機械狗和狗主。場面很令日本愛狗的人感動。今年（2018）Sony 重新推出 AIBO，據說功能更佳，更先進。AIBO 再推出，變成小寫的 aibo。大寫的機械狗銷量本來不差，為甚麼會停產，有不同說法，首先是人事變動，其次，可能是，安全問題。

西： 記得史提芬．史匹堡的《A.I. 人工智能》（*A.I. Artificial Intelligence*, 2001）拍一個少年機械人尋求人類的認同，尋求愛與被愛，它所以被遺棄，也是安全問題。我們知道，人類供養猩猩、長臂猿，以至獅子、老虎當寵物，到牠們長大，往往就有危險。牠們絕對不是人類的寵物，更不是玩物。人工智能的機械人、機械狗，同樣是雙面刃。據專家說人工智能沒有道德感、沒有同理心，不問是非，不會設身處地體會他人的感受。

何： 這好像是人所應有，但實際上也不見得是人所實有。AlphaGo A.I. 打敗了各國棋王，在運算的過程中，是否已經思考到對手可能的應對？人工智能如果能夠自我演化，而又沒有道德感、沒有同理心，將會很恐怖。道德感、同理心都是人類的價值觀，這樣要求人工智能，是否一廂情願？最近 Uber 在美國亞利桑那州坦佩（Tempe）測試無人駕駛車撞死途人就是例子，照警方解釋，是女途人不守交通規則。但這不純屬技術問題，而是 Uber A.I. 只問法理的對錯，並不考慮其他。

西： 譬如一個小孩跑出馬路玩耍，正巧一輛自駕車到來，它嚴格遵守交通規則，自己沒有犯錯，於是也不容對方犯錯……

2

何： 邁克・雷斯尼克（Mike Resnick, 1942－2020）寫機械人的小說，有些想法。他半世紀以來寫了許多，長篇有七八十個之多，也編了許多，是典型的流行科幻，頗有代表性，當然不可能都好，不過不妨談談。他寫過一些好的機械人，是雙面刃中好的一面。順便一提，他是個非洲迷，經常到非洲旅行，寫了不少以非洲為背景的科幻。

西： 就談談兩三個吧。

何： 〈機械人的誓約〉（"Article of Faith"）就是其中一個好的機械人的故事，寫於 2008 年，有中譯本，內地譯機械人為機器人。這小說處理的是機械人與信仰的問題。機械人也有宗教信仰？萬一它有呢，如果它也有機會閱讀聖經的話。那麼多的科幻小說，這方面的故事當然並不罕見，阿西莫夫寫過，其他例如安東尼・布徹（Anthony Boucher, 1911－1968）的〈尋找聖阿奎那〉（"The Quest for Saint Aquin"，1951）寫世界末日之後，基督徒重返地下，主人公奉命尋找聖阿奎那，以期復興。輾轉尋覓，卻發覺阿奎那其實是個機械人。又如羅伯特·西爾柏格（Robert Silverberg）的〈教廷福音〉（"Good News from the Vatican", 1971），寫羅馬選舉教宗，最後選出一個機械人。機械人不單人性化，會渴望宗教的慰藉，甚至領導信仰。

〈機械人的誓約〉這小說的機械人也在尋求人的認同，它像人一樣相信自己有靈魂，也想有精神的生活。故事通過一個神父敘述。這神父莫理斯（Reverend Morris）主理一個小教區，有一個新來的機械人 Jackson 幫助他打掃教堂，遞遞茶水。神父很努力工作，教徒從幾個發展到五六十個。每次周日講道之前，他都會用心寫好講稿，並且綵排一次。他想到機械人擅於邏輯推理，也許可以指出他不夠嚴謹、矛盾的地方，於是要它聽他的綵排，然後提出意見。果然，它指出神父引用約伯被大魚吃掉，然後死而復生的例子並不合邏輯。神父解釋，這是上帝的緣故。

西： 上帝是誰？它問。

何： 上帝是萬能的，無所不在，神父說，教堂就是祂的房子，祂創造了我們。不，是一位科學家史坦利·卡連洛夫斯基（Stanley Kalinorsky）創造我的。但科學家是上帝創造的，所以，可以說，你也是祂間接的創造。

它仍然不了解。神父只好讓它閱讀聖經。一個機械人閱讀聖經，故事的發展出乎他的意料。往後幾個月，它聽他的綵排，偶然指出矛盾的地方，也會引用聖經。它在上帝的房子裏，看到信徒下跪、祈禱。一天，它忽然要求神父講道時，讓它跟信眾坐在一起。為甚麼？因為它也想成為信徒。

但你只是機械人，你沒有靈魂，人類有；靈魂是無形的，雖然人類看不見，卻知道靈魂的存在。那麼為甚麼我就不能有呢？不能，你是可以關掉的。人類何嘗不可以關掉，試問問醫生，問問槍手。神父辯它不過，很不高興，不再討論下去，後悔多事讓它閱讀聖經。

有一天，神父看見它像其他信徒那樣，下跪、祈禱。再然後，當他講道，他發現它就坐在最末的一排座位上。其他信徒也發現它，引起一陣哄動。怎麼可以有一個 robot 坐在上帝的房子裏聽道理？神父向大家解釋，不過是想利用它邏輯分析的能力，糾正、完善自己的演講。信徒就是不接受，七嘴八舌，變得群情洶湧，認為這是褻瀆神靈，是對他們的侮辱。他們到教堂來，是因為安全感，是尋求歸屬。這些機械人已經奪走我們的工作，如今又要搶佔我們的教堂！

第二天，神父回到教堂，看見地方並沒有清理、打掃，有點不爽，機械人也偷懶？他發現它被肢解了，一條腿拽了下來，一邊胳膊鋸成兩段，零件散落一地。當他收拾殘骸時，讀到地上它用鋼鐵手指刻下的一行字：「父啊，赦免他們！因為他們不知道自己所作的是甚麼。」

這是路加福音的句子。小說處理的問題令人思考。其中提到約伯，他的故事是基督教中關於「義人」的一大論辯。約伯受到連串打擊，示巴人、迦勒底人搶走他的財物，兒女又在風暴中罹難。但這些並沒有動搖約伯的信念，他仍然說：應當稱頌耶和華。同樣聽道讀經，人和機械人誰更能理解基督的精神，誰真正的包容？而精神這回事，是人所獨有？這些排他的信民，絕對不是個別例子。

西： 雷斯尼克的另一故事〈機械人不哭〉（“Robots Don't Cry”）可能更有名，可兩篇不同，〈機械人的誓約〉是知性的思考，〈機械人不哭〉則是感性的抒寫。同樣是第一身「我」的敘述，這主人公被人稱為盜墓者，其實是個星座之間的拾荒者，在廢棄的星座、墳頭撿拾、挖掘，掏取可以賣錢的東西。盜掘過去，回饋現在。他有一個伙伴，是個三條腿的外星族，叫 Baroni。兩個異族合作，平分所得，卻像刺猬，經常鬥嘴，互相看不起對方的風尚、習慣。他們來到一個廢棄的星座，叫「綠柳」（Greenwillow）。

何： 既不綠，也沒有柳。

西： 一個生病的星球。最初還有數百戶人家，逐漸減少，少到國際聯盟摒棄了，再不派醫生到來。兩個拾荒者到來，這裏已經再沒有人了，一個廢城。他們在一堆塵封的雜物裏發現了一個機械人。他們傳召飛船的兩個機械人維修員下來，把它修復。啟動它後，知道它叫山米（Sammy）。從山米保存的三維立體圖像，看到它和一個女孩的生活，那已是五百年前了，很漂亮的女孩，名叫愛美麗（Emily），卻有一條腿是義肢。原來山米是她的保姆。三維圖像陸續播出她的生活。十二三歲，一直有病，要經常吃止痛藥，而且臉上佈滿醜陋的斑點。那是一種地方病毒。

再然後，女孩長大了，二十歲，全身包紮，病更重了，臉面乾癟，眼睛不斷流淚，大家都怕了她。她以為一個男孩喜歡自己，後來發覺那不是愛，而是憐憫，連農場的動物看見她也躲起來。父母先後離世，愛美麗孤獨一人，山米承諾永遠不會離開她。保證？我保證，山米說。年近三十歲時，她臉面都是膿瘡，自知不久人世，說感謝那些留下房子給她的親戚，她和山米就待在這裏，直到一切結束。死前的一些日子，她聽山米讀詩。那是她喜歡的埃德娜・聖文森特・米萊（Edna St. Vincent Millay, 1892－1950）的作品：〈逝前輓歌〉（“Elegy before Death”）。它把她葬了，刻上她喜歡的詩句。它就守在穀倉，一直守，守了許多許多年，直到電池耗盡。

我會替你找到另一個像愛美麗那樣的家，主人公說。我向小姐承諾永遠不離開她。她已經死了呵。她提出要求時沒附帶條件，我作出承諾也沒附帶條件。不過，山米說，要是答應我的請求，我就跟你們走。原來它要求做一件它不能做的事。甚麼事？它想哭。機械人是不哭的。不是不哭，是不能哭。於是主人公又聯絡飛船，派員從資料庫找來淚腺的資料替它安裝。裝好後，它可以哭了。五百年來，它不過想哭一次。那麼哭吧，盡情地哭。可是山米說：我感受到痛苦，但我哭不出來；我沒有心、沒有靈魂，小姐說眼淚來自心、來自靈魂。最後，主人公沒有賣掉它，而是得到它的同意，把插頭拔掉，把它葬了，還豎立墓碑，寫：山米，機械人。

這故事一定感動許多人，也令人聯想到日本人為機械狗超度。當然，也會有「傷他悶透」之嫌。我想，何不就讓它繼續守在那裏，再守若干年？收結一段，主人公提到許多人，包括牧師、神父，會說它不過是一個機械人罷了，他不同意，認為它是比自己更好的人。這麼一段說盡了，似乎是蛇足。

何： 是的，上一篇〈機械人的誓約〉也有這個問題，結尾說神父因此改行，做了木匠，心想機械人原諒那些教民，其實是暴民，也應該會原諒他。這樣說大可不必。這小說有西方讀者質疑，機械人擅長邏輯分析，會相信聖經種種神話？這，卻恐怕是人的角度，倒過來，是我們自己也失去同理心，這麼一來，阿奎那不會是機械人，機械人不會成為教宗，但信仰是邏輯產生的麼？

《A.I. 人工智能》

邁克・雷斯尼克著，袁楓、馮南希等譯：《奧杜瓦伊——峽谷的七個故事》

Mike Resnick, "Article of Faith"

火星、城與城、驛站

1

何： 最近大家的注意力放在火星，五千多萬公里以外。

西： 因為專家發現火星有液態鹽水，從不同時間拍攝回來的火星照片，呈現時有時無的黑條紋，在暖和的季節，黑條紋很深很長，然後變得又短又幼，寒冷時，消失了。分析黑條紋的化學成分，證明是流動的水合鹽。有水，就可能有生命，或者有過生命。

何： 美國太空總署（NASA）公佈消息，Ridley Scott 的電影《火星任務》（*The Martian*, 2015）正好趕上公映，看來很賣座。

西： 好看嗎？我暫時不看了，眼睛要做白內障手術。

何： 好看，但比不上導演以往的《銀翼殺手》、《異形》，那是里程碑式的作品，恐怕也不如稍早之前的《普羅米修斯》（*Prometheus*）。《銀翼殺手》是生化人向創造者查究，求索生存的問題，到了《普羅米修斯》，則是人類自己去追索。《火星任務》描述一個太空人流落火星，孤獨地面對各種困難，如何逐一解決，他的問題是生存本身：How？這是勵志片，有趣，幽默，細節豐富。但電影並無突破。開場的沙塵暴很厲害，但此後火星長期寧靜得出奇，也美麗得出奇，只有一次稍大的風，只足夠毀了他的番薯種植。這電影其實也處理一個人生存的「信」和「義」問題。

西： 說來聽聽。

何： 他的太空同僚在回程時知道總署投放物資失敗，一致決定折返救援，他們明知這是「叛國」行為，因為總署署長下令把情況保密，不讓他們折返，理由是不能冒險用幾個人的性命去救一個人，不划算。任務主管卻偷偷向他們透露，代價是事後要辭職。但這絕對不是唯荷里活獨有的普世價值。當「信」和「義」不可兼得，中國的哲人，會選擇「義」。學生子張問崇德辨惑，孔子答：「主忠信，徙義，崇德也。」這是說，當忠信有所困惑，則遷而從義。又說：「言必信，行必果，硜硜然，小人哉。」硜硜然，是固執的樣子，意思是說話一定信實，行為一定果斷，這是不問是非而泥執的小人。孟子承接孔子的話，從小人到大人，說得更清楚：「夫大人者，言不必信，行不必果，惟義所在。」言行要信實，但不必死守，要看是否合乎義理。

西： 問題在，甚麼是「義」呢？

何： 對，「義」才是問題，義之所在，可能人言人殊。《中庸》說：「義者，宜也。」這個義，簡單地說，就是看行為是否合乎眾利，而非為了私利。眾人的利益不易分清楚，總有人辯說為的是群體的長遠計。但是否私利，就比較明顯。回航，是抗令，可能性命不保，至少耽誤回家，那位主管會丟官。這說明不是私利。署長很傲慢，一臉官威，以數字計算人命。成敗得失的確是可以量化計算的，是非則不然，人命就是人命，寧願冒險，破壞規矩。這電影告訴我們，規矩要守，但不是死守。

對他的拯救，媒體照例炒作成為全球人關心的節目，其中加入中國太陽神的援手，就太斧鑿了，比 *Gravity* 猶有過之。

西： 這是原作者 Andy Weir 第一本書，自費出電子版，大受歡迎，然後才獲得出版紙本的合約。這小說的經歷，對年輕作者也是一種鼓勵。美國寫科幻的作家很多，但第一本長篇最難出，電子版是一個出路。

最先看出火星圖像變化的，據報道是一位來自尼泊爾的研究生，同樣年輕。我想起本福特（Gregory Benford）的短篇〈底片〉（"Exposures"），一位曾當太空人的年輕科學家，每天記錄天外傳來的星系圖像，仔細計算，發覺其中射流有細微的變化，太細微了，他向總監報告，卻因為數據不足，不受理會。

他發現甚麼呢？一個黑洞，逐漸變大，把所有東西吞噬，正慢慢地向地球靠近。發現這種危機，他可能要花一生去論證，會有人以為他浪費時間，太蠢了，但那位電腦奇才喬布斯，不是要年輕人 stay foolish？要有傻勁，要堅持？當今之世，看風使舵的聰明人太多了。小說表達了主人公埋頭尋求真相的精神，另一方面，他並沒有割棄倫常的生活，他也無非一個常人。作者是科學家，這是所謂硬科幻，有紮實的科學底子。

何： 電影裏的火星非常壯觀，如果不是食物不足，幾乎是渡假勝地；可這麼一來，就把它污染了。我們自己生活的地方呢，的確充滿危機。記得埃可（Umberto Eco）寫的科幻童話《矮人星上的矮人》（*Tre Racconti*）？地球的探險家奉偉大的國王之命，到天外去傳播人類文明，造福銀河系？

西： 這個文明使者，結果在不起眼的太空天際，發現了美麗的矮人星，像哥倫布那樣，他說這是他的發現，所以要以國王的名義佔有這個小星球。可是，當他向矮人介紹自己的文明，卻看到千瘡百孔，污染、骯髒、交通擁塞、疾病叢生，還沒有提戰爭……

何： 我們攪爛了地球就走。我有一個想法，隨着將來的深入考查，我們會發覺，我們本來是從火星來的。在四百億年以前，人類的祖先把火星攪爛了，只剩下黑條紋，像傷口，就四處尋找移民地，忽然發現一個美麗的星球，就命名為地球，好，一切重新再來，我們好像又有數十億的時間把它攪爛。

2

西： 我想談談兩本書，都看完了？

何： 看得慢，總算看完了。

西： 第一本是《城與城》（*The City & the City*, 2009），作者是英國的柴納・米耶維（China Miéville），有趣的名字。最有趣的還是小說的意念。在東歐某個地方，有兩個城市，一個叫貝歇爾（Besźel），另一個叫烏庫姆（Ul Qoma），兩者說不同的語言，有不同的服式、口味、舉止，妙在座落於同一個空間。但法例各自禁止居民看見對方，明知對方存在，就是要不見（unsee），偶然瞥見，就立即別過頭去。一頭 B 城的狗，走來嗅嗅 U 城的人，主人要把狗牽走，難免會面面相覷，這是迫不得已，就是觸碰一下也不妨事，接着就應該禮貌地忽略彼此。

他們當然會聽到對方的聲音，就是要聽而不聞。意識到對方的車迎面而來，自己的車就要急轉彎。這種技能真不容易，但他們自幼這樣受訓，見與不見，成為一種本能。訪客、移民都要先上學習的課程。

要是刻意地看見對方，或者不避對方，這是越界，越界是罪行，沒經過申請、批核，從 B 國跑到 U 國，又或者越界走私，後果很嚴重。城裏一國獨佔的地方，叫完整區（Total area）；也有些兩國重疊的地方，叫交錯地（Crosshatch），屬於共用，但同一街道、樓宇、公園，各有不同的名稱。

何： 這有點像香港英治時期的中英街，有所謂「一街兩制」。總而言之，把非我族類當子虛烏有，明知外人在場卻又當不存在，從管治的角度，唯有通過法律強制，同時又通過教育灌輸，加以內化。

西： 對。犯法行為，警方會處理，越界的勾當，警方就得召來 Breach，Breach 也會不請自來，把你逮住，我們不知道你會受到甚麼懲罰，但你從此消失。可見處罰越界，比打家劫舍還要嚴厲。Breach 本來是違反的意思，大陸譯者為免誤會，譯作「巡界者」，就像香港人把撲火的消防員稱為「救火」，好像救的是火，其實是救人滅火的簡省。不要望文生義。

Breach 不是警察，他們只確保兩國人民守界。這組織很神秘，權力很大，像幽靈，好像無處不在，出入兩城，像老大哥那樣監察兩國人民，而且六親不認。到後來，我們發覺，他們也不是萬能的。

這兩個城市怎麼出現的呢？Miéville寫它們是同時誕生的，在蜿蜒的海灣邊，同一個隱蔽的小港，本來是為了躲避海盜。

兩個對立國，unsee 對方，但也不完全 unfriend，因為總有些東西要共同解決、有些資源要共享，例如水源、電力、下水道之類。這是一種微妙的關係，現實的世界，國與國的關係也是這樣吧，既分立，又互相依存。所以另有一座聯合大樓（Copula Hall），兩國代表官員一起商議共同問題、辦理出入境事務。你從 B 城進去，出來，已在 U 城了。書裏有一段這樣寫：

> 一位烏庫姆的男子和一位貝歌爾少女在聯合大樓邂逅，回家之後發覺彼此其實是鄰居，他們就這樣忠誠而孤獨地過着每一天。在各自的城市裏，同一時間起床，像情侶那樣並肩走過交錯區的街道，但從不觸碰，從不交談，從不越界。

何： 然後，張愛玲式的「噢，你也在這裏嗎？」落在荷里活的編劇手中，就會改出一個《逆天奇緣》（*Upside Down*, 2012）那樣的科幻愛情故事。這題材、意念，的確令人浮想聯翩，但 Miéville 看來並沒有寫軟性小說的興趣。他通過一宗謀殺案，以偵探小說的形式，呈現一地兩國的怪現象。一國兩制，中國古已有之，例如西漢初；一地兩國，其實也不完全是想像，世上還會少嗎？例如中東地方。

西： 有一年在以色列旅行，有餐室老闆向我們兜搭，要不要到伯利恆去，然後載送我們到關卡，猶太軍人持槍鎮守，氣氛很緊張，另一邊已有巴勒斯坦人迎接。那一年，伯利恆除了我們，沒有遊客。我們住的耶路撒冷酒店，也近乎空置，所以送早餐，還送晚餐，這也是一地兩國的怪現象。還有敘利亞，那是……

何： 2000 年，教宗若望．保祿二世訪問以色列，一離開，以巴立即開戰。觀念上的分裂，而不是地理上的，在這個小小的地球，可說遍地開花。界線是人劃出來的，從火星看來，人類真是喜歡爭鬥、霸佔的動物；這一切源於人的自我中心。書裏寫出即使同一國家，也有各種不同的意識形態，明爭暗鬥，合併派否定分別立國的理念，暗中從事統一的活動；又各有極端的民族主義者，認為那是賣國。兩批人互相攻擊。Beszél 經濟落後，Ul Qoma 發展較快，並且有好些古跡，成為考古學家的熱點，外國的考古學家，尤其是美國的，到來考掘、研究，據說他們考證出遠古時代，兩國其實是一國，同一個祖先。

西： 故事從發現一具女屍開始，身份揭開，原來是一位美國考古學博士生。小說通過 Beszél 的探長 Tyador Borlú 第一身敘述，屍體在 Beszél 發現，卻懷疑是在 Ul Qoma 被殺，然後運來，於是探長從一個城市走到另一個城市，跟 Ul Qoma 的警探合作追查，展開對兩個奇異城市的描寫。他到考掘場地觀察、查問女生的老師、同學，終於揭穿雙城之外，傳聞中第三個城市的秘密。這個看不見的城市，叫奧辛尼（Orciny），存在於兩城之間，它的居民在其中游走，連巡界者也無可奈何。最後，當然破了案。

何： 兇手很狡猾，會鑽交錯地的法律空隙，會分辨兩國細微的差異，懂得兩種行為的特點，這種能力當局者迷，只有外人才能通盤地掌握，於是他可以避免流露任何一方的特徵，左右逢源，讓 B 城人以為他是 U 城人，U 城人又以為他屬於 B 城，兩方都不敢對他正視，這樣可又不構成越界，巡界者不能插手。但我們的探長急於追捕，自己反而越了界。不用擔心，主人公是不會從此消失的，他成為越界的捕手。這小說開始時令人想到博爾赫斯、卡夫卡，到最後是錢德勒（Raymond Chandler）。2009 年的書，也許這是小說的新類型吧，科幻結合偵探，加上荒謬、怪誕，對科研的反諷、調侃。

西： 以前在《星島晚報》寫過一個八百字的電影專欄，其中一篇叫〈開麥拉畫筆〉，我認為電影和小說不同，小說以文字為主，用的工具是書寫文字的「開麥拉鋼筆」，而電影呢，書寫的不是鋼筆，而是「開麥拉畫筆」，是把故事中的地點、建築、城市用圖畫描繪出來的。所以，我們看到電影如卡通、動畫，都屬於開麥拉畫筆，像宮崎駿的作品。

有些電影，雖由真人演出，但也可以配上卡通動物、手繪的佈景，成為開麥拉畫筆的作品，當年舉的例子是費里尼（Federico Fellini）的《茱麗葉神遊記》（*Juliet of the Spirits*, 1965）、約瑟．盧西（Joseph Losey）的《女金剛勇破鑽石黨》（*Modesty Blaise*, 1966）等等，如今根據動漫拍成的，又加插漫畫的，更多不勝數，連李安也拍了科幻的《變形俠醫》（*Hulk*, 2003），他每次的素材都不同，這次畫面像漫畫那樣不斷平行分割，可是並不成功。讀《城與城》時，我一邊讀一邊想，這小說可以用開麥拉畫筆來設計，一定非常有趣。

何： BBC 最近把《城與城》拍成四集，每集一小時的電視片集，好像成績不差，還沒有看到。

3

西： 人類到火星去，太遙遠了，據說如果在月亮上建立中途站，運送物資會便利得多。同樣道理，銀河系裏的外族，要在星際之間旅行，也需在某些星球建立中途站。這是克里福德．西馬克在《星際驛站》（*Way Station*）的構思，小說在 1963 年出版，早在人類登陸月球之前（1969），他已經為外星族長途旅行想到這個做法。

故事敘述美國西南部的偏僻農村，住了一個看來只有三十歲的鄉下人，過着隱世的生活。他每天出外散步一小時，取郵件，收取許多訂購的報刊、雜誌，因此和一位老郵差成為明友，這是他多年來在鄉間唯一可以說話的朋友。他的模樣一直沒變，多少年？一百多年。外出時總帶着一支古老的來福槍。

他的屋子同樣沒變，不怕風霜雨露，不需修補，後來我們知道，也不怕斧砍，門只有他一個人能開，好像說：芝麻，開門。這麼一個人，神神秘秘的，附近的農民竊竊私語，更引起聯邦調查局的注意。調查之下，他的名字叫華萊士，其實已經有一百二十四歲，是內戰時至今最後一個在生的軍人。原來……

何： 原來，怎麼呢？

西： 他被銀河系的聯盟（Galactic Union）看中，成為銀河星際其中一個驛站的管理員。外星族遠比地球人先進，他們要長途旅行，從一個星球到另一個星球，也想在中途站休息一下。華萊士負責接待，請他們喝地球人的咖啡。那天，你帶我到附近的咖啡店喝非洲咖啡，我是不喝咖啡的，也覺得不錯……

外星訪客到來之前會傳訊通知他，而且往往帶來小禮物。他因此結識外星的監察員尤利西斯，建立了友誼。但他們不常來，他可以每天寫日誌。他變得長生不老，半人半外星，是名副其實的「外星人」，只有外出散步那一小時，生命才重新生長。他很珍惜這種跟外間的聯繫，這地球的土地畢竟是他的家園，所以後來才會為了要選擇隨外星族離去，抑或留下來，回復血肉之軀而大感苦惱。

華萊士外出時，認識一位聾啞少女露西，她很單純美麗，不會手語，可是有一種神奇的力量，可以治療折翼的蝴蝶，甚至可以和外星物品溝通。作者寫田園的文字很優美，所以被稱為田園科幻。

何： 這也是作者 Simak 的生活，和 Miéville 顯然是不同的類型。這裏沒有城市的描寫，也沒有 Miéville 社會主義的色彩。華萊士與人為善，自忖做着有意義的工作，卻沒辦法排遣寂寞，真是百年孤寂。難得認識這位少女，因為他的工作不可告人，彼此正好不必說話。

西： 可是少女的父親兄弟卻是蠻橫的鄉下人，一次她因為不忍弟弟要訓練獵狗捕殺小熊，把弟弟和狗縛起來，結果被父親大力鞭打，她逃跑到華萊士處，華萊士情急之下把她藏在屋子裏。屋子裏有各種與外星聯絡的設備、外星神奇的物品。

何： 從此多事了。

西： 他打破了和外星聯盟的協議。

何： 他不守信實，breach of trust，但監察員尤利西斯也認為那是非常時期，他做對了。少女的父親要闖進來，卻無法打開大門，於是發動鄉民聲討華萊士，指斥他綁架了女兒。在這之前，一位外星長者路過時在屋子裏過世，華萊士依照人類的儀式把他埋葬，莊重地唸了經，並且寫上銘文 —— 他學來的外星文。屍身後來卻被聯邦調查員盜去化驗，驗出這是外星物體。銀河聯盟知道了，很光火。原來宇宙之間的和諧要靠一件物體維繫，稱為「神器」，而神器同樣失去了，銀河系的政客開始喋喋爭論，有的認為應該放棄中途站。尊者屍身被盜，正好為棄站一派利用，鼓吹離棄。問題還不止於此。

華萊士平日閱讀大量的報刊、雜誌，再借助外星的設備，統計出地球危機四伏，正陷於大戰邊緣。這反映當年作者對冷戰時期的憂慮，正和銀河系失去神器相對應。1962 年，美國爆發古巴飛彈危機，蘇聯在古巴部署飛彈，美國最後通牒才撤走，幾乎發生核子大戰。所以收結凝聚了種種問題。尤利西斯讓他選擇：放棄地球，成為徹頭徹尾的外星人；或者留下，讓地球毀於戰火，回到原始蒙昧時代，而自己也會老死。他因此反覆思量，是去還是留?

西： 他選擇留下來。少女露西成為解決所有問題的關鍵，細節不說了，總之她獲得神器，成為守護者，讓銀河系重回正軌，和諧、太平，而地球也融入這個大家庭。問題似乎解決得太輕易了，聯邦調查局合作得令人難以置信，這是小說的弱點。但也有好處，我們說外星人，那是從人的角度去界定外星異族，即使沒有敵意，也以為他們應該有手有腳，但醜怪得多，恐怖，或者可笑；以為生命的形式，必須有水、有氧氣。這小說的天外來客，可以是球形、是液體，是各種不同的形式，或者，只是一種電波。我們的氧氣，可能是他們的毒氣。他打破我們的成見。

何： 阿西莫夫在 1962 年的名文〈並非我們所認識的〉（“Not As We Know It”）認為荷里活電影對外星生物沒有想像力，只是「大」，並且強調他們的破壞力，他問：What about life-not-as-we-know-it? 然後他像解釋元素周期表那樣分析生命的種種形式，這方面我並不懂，這位寫科幻小說出名的生物化學家，總結出六種：

1. fluorosilicone in fluorosilicone

2. fluorocarbon in sulfur

*3.*nucleic acid/protein (O) in water*

4. nucleic acid/protein (N) in ammonia

5. lipid in methane

6. lipid in hydrogen

第三種他打上星號，因為那是我們唯一認識的生命形式，那是人類自己，一種核酸／蛋白質（以氧為基礎）的生物。

西： 充其量只佔六分之一。Simak 呈現對生靈的尊重，異類共存，這和後來的叛客科幻的陰沉、悲觀截然不同，那種田園的頌歌，可能隨驛站的離開，一去不返了。

翁貝托・埃科著、王建全譯：
《矮人星上的矮人》

China Miéville, *The City & the City*

柴納・米耶維著、胡紹晏譯：
《城與城》

克里福特・D・西馬克著、
周瑞豐譯：《星際驛站》

改造猩猩、智力管制、狙擊手、危城

1

何： 猴年，我剛看了一個猿猴的科幻，我們從這個短篇開始？

西： 好啊。

何： 那是〈邪惡的機械猴子〉（“Evil Robot Monkey”），瑪麗．羅比內特．科瓦爾（Mary Robinette Kowal, 1969－ ）2008 年的作品。這頭猴子，應該是猩猩（Chimp），不過那是年輕教師責罵牠時的說法。這其實也反映了許多美國人始終猿和猴不分。

西： 這猩猩做了不文的手勢。

何： 還寫了不文的字。小說很短，好處是完全沒有廢詞冗語。是這樣的：這猩猩叫斯萊（Sly），意思是滑頭，牠的腦中有人工植入，會說話，比其他猩猩聰明得多，又不能和人類一起生活，就只能孤獨地關在籠裏，前面有落地玻璃窗，讓人參觀。

西： 其實成年的猩猩，正常的，力氣很大，可以輕易扭斷人的脖子，而且性格獨立，我們這個近親，絕對不是寵物。

何： 看來只有訓練員麥恩（Vern）可以接近牠。麥恩帶給牠製陶的轉盤、陶泥，讓牠做陶藝安定情緒，也讓觀眾看牠的表演。女教師帶一群學童到來；她知道斯萊有特別的植入，可孩童們不管。這些調皮的孩童把東西扔向玻璃窗。他們其實是另一種頑猿。長大後，有些進化，有些則演化。

西： 還有些，退化。

何： 肯定，這是遲早問題。斯萊正在做花瓶，捏着花瓶的內壁，旋轉，拉高。牠嚇了一跳，陶瓶倒塌，牠拾起泥團朝玻璃窗還擊。孩子高興極了，舞動着胳膊，模仿猩猩的姿態取笑牠。斯萊咧開牙齒發怒，他們只當牠微笑，真好玩。牠走到玻璃窗前，用手指的陶泥書寫：SSA。女教師看到，面紅起來，因為從窗外看，字是反過來的。她連忙帶學生離開，當她回頭看時，斯萊還向她做出不文的手勢，警告他們別再來。

西： 於是老師罵牠：邪惡的機器猴子。

何： 結果呢，主管要麥恩把轉盤沒收，至少要收起好一陣，作為懲罰。要多久才可以還給我呢，我和其他猩猩可不一樣，斯萊問，牠指指自己的腦袋。很抱歉，麥恩說，我不知道。牠冷靜下來，拾起剩下的陶泥，重新轉動陶盤，至少可以把花瓶做完。

這「猴子」懂得人類的文字、手語，卻「邪惡」起來；我們對人類孩童的惡作劇卻視若無睹，以為理所當然。身份不同，對調一下，居然有不同的效果。小說收在 *Shade of Milk and Honey* 小說集裏，大約只有一千字，兩三個場面、動作，猩猩的性格就活靈活現。

西： 這位年輕小說家，沒有把短篇寫長。這令人思考，我們教猩猩這個那個，改造牠們，說是為了研究，結果把牠們變成非人非猿，報告完成就把牠們關在牢籠，例子極多，這是好事還是壞事？恐怕只有人類這動物才會想方設法要改造其他動物。我也不喜歡要動物表演。

何： 這是一種霸權，「你」只是「我」的工具，把「你」變成表現「我」的手段，給我賺錢，並且誇誇其談，始亂終棄。這位年輕小說家曾以做木偶為業，曾在 Jim Henson 製作公司工作。她將來寫小說的成就，沒有人知道。你也做布偶、毛熊啊，也寫過這樣的書，但我肯定在你整個創作的歷程裏，毛熊的分量只佔你的作品大概十分之一，這絕對不能代表你的成就。

西： 如果也稱得上成就。一位導演見面就對我說：你以做熊出名。要是做熊可以出名，或者何樂而不為？但我很清楚，我要不是長年寫作，有些人知道，那麼我做熊、做猿猴，就不會引起人的興趣了。做熊、做猿猴，帶給我樂趣，本身可不是目的，《縫熊志》、《猿猴志》，那兩本書都有「志」，都有過說明。

2

西： 一頭變得太聰明的猩猩，要是換了一個太聰明的人呢？馮內果的〈夏里遜·伯傑隆〉（“Harrison Bergeron”），寫過這樣的故事。

何： 一個敵托邦的小說，1961 年，收在 *Welcome to the Monkey House* 集裏。

西： 對。小說一開始就說明：「那是 2081 年，人人終於平等了。」

何： 我倒想起中學時唸英國文學 *Animal Farm* 裏的名句“All animals are equal”，下句是“ but some animals are more equal than others”。

西： 怎麼 equal 法？不單止在上帝、在法律面前，而是各方面都平等，你不能比其他人聰明、強壯、好看，這是美國憲法的修訂，第 211 條、第 212 條、第 213 條，並且由設障將軍（Handicapper General）和她的下屬嚴格執行。小說裏伯傑隆夫婦的兒子，因為表現得比別人出色，被政府抓去了。

何： 美國的獨立宣言不是說「人皆生而平等」（All men are created equal）？我最近知道，職業拳擊比賽分級分得很仔細，有十七級之多，重量級、輕量級……

西： 根據體重？

何： 對。假設所有人都要去築路，不能說人人都要揹二百磅的泥才叫平等，承擔多少，應該量力而為。平等是指在法律之前，是各種權利，但並不能否認人生而資質、才能並不相同。Created equal，不等於 the same。不好意思，請繼續平等的故事。

西： 在伯傑隆夫婦的社會，你比別人優勝，是負累，政府會為你設障：在耳內安裝收音器，你一思考問題就發出噪音，再要你在頸下負載重物，鎖上；你漂亮麼，給你戴上面具。設多少障，視乎你的智力水平。

何： 這個 handicap，有點像賽馬的負重。蘇格拉底在那樣的社會大抵最輕鬆，因為他自認無知。說別人無知，成為一種祝福。

西： 太太海素（Hazel）的智力水平合乎要求，其實近乎癡呆；先生佐治（George）稍高，於是要裝上收音器，頸下得負上四十七磅鉛球，累極了。太太曾說在家裏偷偷把鉛球減少吧，沒有人會知道。可是他答，那是犯法，要是人人這樣，豈不是又回到許多年前不平等的時代、那種競爭的社會？不，他寧願忍受一下。他們的兒子夏里遜（Harrison）呢，只有十四歲，已經七呎高，非常聰明、運動家型，這成為他的原罪，他要負上三百磅重物。因為太帥氣，還要配戴大量障礙：碩大的耳機、面具、黑牙套、令他看來像半瞎的眼鏡，還不斷頭痛。總之，把他「平等」起來，否則就對其他人不公平了。對了，還把他的眉毛剃去，戴上紅色的橡皮鼻子，像小丑。這是，怎麼說呢，平等的改造。

夫婦在看電視，正在表演芭蕾舞，舞蹈員都笨手笨腳，絕不能流露優雅，並且都戴上面具。為甚麼不跳得好一些呢，佐治想，耳朵馬上就受到噪音的襲擊。熒幕上忽然顯示有緊急事故要宣佈。可是報道員期期艾艾，各位女士、各位先生……老半天都說不出話來，只好把通告交給一位舞蹈員代讀，這舞蹈員的面具最醜陋。

何： 即是說罪過，她最漂亮。

西： 她頸下也是一大袋鉛球。她的聲音很動聽、很吸引人，但她很快就自覺地轉換正常的聲調，那種難聽的聲調：夏里遜·伯傑隆，十四歲，陰謀顛覆政府，極端危險的人物，越獄跑了出來。熒幕上出現了夏里遜的照片，閃上閃下，總不對焦。這，不是我們的兒子麼？爸爸佐治認出來，但又開始頭痛欲裂，再不能認真想清楚。這時夏里遜出現在熒幕裏，原來他闖進了電視臺。

我是皇帝，所有人都要向我下跪，我是最偉大的統治者，這少年咆吼；然後把所有的障礙統統甩開，擲到牆上。他從舞蹈員裏選了一個皇后，因為這舞蹈員響應他，勇敢地站出來。他也扔掉她的障礙，指揮音樂隊，他和她跳起舞來，真正的舞，在熒幕前，他要讓大家看到舞蹈應有的樣子。他們旋轉、跳躍，不斷升高，到了戲棚的天花板上。你以為怎樣收場？

何： 可以怎樣收場？

西： 設障將軍趕到，沒有警告，立即把他們射殺了。佐治先生頭痛之後剛好走開去取啤酒，回來看見太太哭起來。為甚麼哭呢？他問。

我忘了，她答，電視好像剛播了甚麼，令人難過的甚麼。那是我們的兒子啊，他告訴她。是麼？我斷定那是世界末日，是的，世界末日。

何： 一家三口，水平不同，反映對這麼一個平等社會的三種態度。不要以為那個年輕的夏里遜就是好東西。

西： 他自稱偉大的皇帝，高高在上。

何： 馮內果是個 cynic，革命之後，那個弱智的母親，可能是愚民政策成功的樣板，看了皇帝的新舞，反而愚言無忌：世界末日。父親呢，知道一點甚麼，有點不爽，但好歹習慣了，他害怕環境轉變，害怕挑戰，這種人……

西： 最多。

3

何： 最近看到伯斯坦（Michael Burstein）的〈心中的戰士〉（"The Soldier Within", 2007），講美國的狙擊手，也很不錯。令我想起 2014 年奧斯卡的最佳電影《美國狙擊手》（*American Sniper*），那改編自真實人物的傳記，但小說寫於 2007 年，早些。

西： 看過了，寫得不錯，難得的是另有人道主義的反省，並不是塑造美國英雄。

何： 小說以第一身敘述，主人公叫約翰尼（Johnny），一個普通的美國大兵。開始時，中士在軍營裏向每個人分配一位最佳戰友：一枝新研製的武器 SM 步槍。這枝步槍很不簡單，是人工智能，有意識，會思考，SM 是 Simulated Mind（模擬心靈）的簡稱。分發之前，大兵要到實驗室接受思維模型記錄，戴上頭盔，把個人資料：記憶、思想，以至人格，統統記錄，存進了獲分配的步槍裏，因為每一枝都獨一分配，不能轉手，結果這位戰友比主人還要了解他自己。只需打開扳機的開關，槍側的小屏幕會提供各種信息，會說話，替他瞄準、選擇射擊位置，射程遠得很哩，百發百中，還計算出最好的遮蔽地點，諸如此類，甚至不用裝置子彈。用久了，人槍合一，它會提出各種有利執行任務的意見，會討論、爭論，很厲害的殺人武器。

西： 一直打仗，這種武器難保不會出現。

何： 事實上，這是一本以《未來戰爭武器》（*Future Weapons of War*, 2007）為題的書徵集的小說。科幻小說的確有某些預言性。所以，我很懷疑人類是否真有進化，真有所謂「進步思想」，如今人類仍然為民族血緣、為我的神是唯一正宗的神而打仗、為膚色而吵鬧、為小小的名利而煩惱一世。看來將來也會是這樣。

西： 我忽然想說說多莉絲・萊辛（Doris Lessing, 1919－2013）的《危城報告》（*Report on the Threatened City*, 1991）。但先說完這個武器的故事，因為後文精彩。

何： Johnny 替這位戰友起了一個名字，叫 Sam（薩姆）。

兵和槍磨合了一段日子之後，上戰場，輕易地把一個敵方的軍火庫攻下，不過一個敵人竄走了，溜進樹林，無法追捕。但這枝 SM 步槍教他如何如何，在一千五百米以外，把敵人了結了。他其實看不見敵人，但它看見。它成為大兵的一部分，不，是大兵成為它的一部分。他因此升了級，並且收編為狙擊手。為甚麼不向所有兵士都分發這種武器？長官解釋，和一枝槍心靈合一，彼此感應，許多人會覺得不可思議。

他和它執行任務，沒有不成功的，他因此獲頒徽章，成為出色的狙擊手。可是，他開始發噩夢，夢見自己成為離子體，穿過身體向目標射去，敵人的頭顱轟隆爆裂。他冷汗直冒。然而薩姆呢，為完成任務高興，更當是一種樂趣。殺人工具，原來也有喜怒哀樂。

西： 從戰場回來，許多人都患上後遺症。

何： 好像叫 Posttraumatic stress disorder，創傷後壓力症候群，簡稱 PTSD，單是這個名字已夠令人心理緊張。這主要是心理病，再引發其他。這種病，不可能現代才有。過去白起、王翦、項羽之流，在戰場上殺人如麻，是否也有這種病？歷史學家似乎從沒有做過這方面的研究。然後，Johnny 奉命去狙擊敵方的一個訓練營，在敵人完成訓練之前，先把他們清除。當然，長官會徵求他的意願，他不大願意，薩姆卻向他慫恿，要他把任務接下來。他摸到訓練營，一看，原來受訓的是一群孩童。我不殺孩子，他說。但另一個他，薩姆，說：為甚麼不可以，敵人早就把他們洗腦，認定對我們有深仇大恨。就是不可以，我不是來做這種工作的。這不是你願意的麼？見鬼，別向我灌輸甚麼！我能夠向你灌輸甚麼呢？除非這些早就存在於你的心中，我不過是你的一面鏡子。是的，我心中一定有這麼一種意識，戰爭把我們的這種意識召喚出來。鼓吹戰爭的人再加以培育、發揚，把一個正常的人改造成為殺人機器。

西： 並且給你愛國的名譽。

何： 之前，受訓成為狙擊手，長官曾問他認識卡洛斯·哈思科克（Carlos Hathcock）嗎？他答不認識。Carlos Hathcock 其實是美國越戰時最著名的狙擊手，射殺了九十三人。奇連·伊士活導演 *American Sniper* 的主人公 Chris Kyle，自稱殺了二百五十五人，官方確認是一百六十人。電影裏，伊士活把戰場從西部牛仔轉移到伊拉克，對手都很邪惡，好像老幼都罪有應得。對手叫屠夫，連教長也不放過。

電影一開場就告訴觀眾：不管小孩、婦女，抱着手榴彈，美國狙擊手就格殺勿論，義無反顧。這是戰爭，他有同袍要保護。後來一個小孩拾起火箭炮，躲在暗角的 Kyle 就求神拜佛，扔下呵。小孩終於扔下，跑了，他如釋重負。我們說恐怖份子之為恐怖，是因為禍及無辜，越戰時，美軍殺了多少無辜平民？伊拉克，真的沒有？現實裏，Chris Kyle 退役後，很荒謬，被另一個退伍美軍槍殺了，此人患上精神病。在德州，Kyle 一直反對槍械管制。

小說的做法不同，Johnny 最後把步槍關上，不幹了，即使要受軍法審判。我一直有一個想法……

西： 敵人，其實是自己，他戰勝了自己。這樣的收結，和電影塑造的戰爭英雄的確很不相同。但小說還有幾段下文，改為第三身敘述，也有意思，那是研製新武器的科學家互相討論，指出有 25% 的大兵會因精神困擾而退出，不過總有 75% 留下來。而且，新武器可以獲得外國的訂單，這是一盤生意。對，甚麼想法？

何： 越戰時美軍也遇過自殺式襲擊，老子說過：「民不畏死，奈何以死懼之。」戰爭，或者任何武力的形式，顯然不能解決問題，反而釋放出心中的魔鬼。

西： 你曾提過那一齣……

何： 《敵對邊緣》（*Enemy At the Gates*, 2001），導演是法國的尚－賈克．阿諾（Jean-Jacques Annaud），背景是二戰時期，在斯大林格勒的戰役，蘇聯狙擊手和德國狙擊手對決，這位蘇聯狙擊手據說曾射殺二百四十二名德軍，實際數目可能高達四百人。這電影比 *American Sniper* 豐富得多，也是由傳記改編，但是否塑造英雄，正如 Chris Kyle 的傳記，只能闕疑。電影也表現了為了政治宣傳，英雄是文人塑造出來的。文人可以很自私，也可以很堅強。最近我看了另一齣講狙擊手的電影，這狙擊手是一位女性，Lyudmila Pavlichenko，蘇聯的烏克蘭人。她1942年應邀訪問白宮，呼籲美國參戰對抗法西斯，她是史上射殺敵人最多的狙擊手，但無需強調，她是保衛家園，到美國宣傳時她才不過二十五歲。電影中有三段愛情故事，愛與被愛，是愛情拯救了她，卻嫌刻劃得來去匆匆，拍得較好的是她跟羅斯福夫人的交往，而並沒有反美的意思。這是俄烏合作，俄國人叫 *Battle for Sevastopol*。導演是烏克蘭人 Serhiy Mokrytskyi，目前兩國紛爭，更有意味。有外國影評人批評女主人公平面，經歷多場大戰，仍然是那副紅軍臉孔，這是美國大兵的角度，他批評的應該是蘇聯的官方文化。這種批評，拿來批評那位美國英雄何嘗不合適，遠方的戰場塑造了他，在他的槍桿子前面的，哪會是好東西？

4

西： 多莉絲·萊辛的《危城報告》反映這個世界的困局，但我老想到我們生活的地方。小說可以寫得很簡單、淺白，不必那麼辛苦經營。

何： 小說收在《一男二女》（*A Man and Two Women*, 1963）裏。多莉絲·萊辛說要寫的不是 Science Fiction，而是 Space Fiction。太空小說，指的是空間。跟那些深研科學、在小說裏表現「硬科學」的科幻作家不同，她在伊朗出生，在津巴布韋成長，不同的生活體驗，複雜的際遇，多少影響她渴望重建一種新的身份，世界性的，超越人類空間的困限。她的小說，張力往往來自個人與族群之間的糾葛。她認為我們受限於一個地域、一個群體，加上從眾的心理（herd-mentality），於是看不到問題。

西： 看不到危機。這小說比一般短篇長，我只簡述一下，因為小說毫不複雜，題旨也很清楚。小說通過外星訪客的敘述，寫訪客要跟地球通訊，目的是想通知人類，五年之內將大禍降臨，發生一場大地震，地球會毀於一旦；並且準備提供拯救的方法，例如疏散城市居民之類。這是外星大使向上司呈交的報告，分成許多小段，每段有標題，用語簡單、直接。但通訊不行，大使索性降臨地球，來到一個在水邊建築起來、不知名的城市。

訪客驚奇的是，人類對災難不是無知，而是漠不關心，就像你說的年輕學生，快要考試了，一邊訴苦壓力很大，但另一邊轉頭就商量：到哪裏去玩？小說裏六十五年前有過一次大地震，他們只輕描淡寫，說是火災，不肯汲取教訓。訪客嘗試接觸年輕人，以為可以更好地把噩耗傳播開去，誰知這些年輕人吸食毒品，整天迷迷糊糊。他們也被排除在權力之外，令他們不滿、憤怒，不信任政府。再接觸成年人呢，但他們是既得利益的階層，就是不想改變；年紀愈大，愈不能接受新思維。至於地震局的專家呢，他們只負責預測、示警，可不負責解決問題，即使明知有危機，一味開會，討論再討論，就是議而不決。好像把問題再三陳述，就等於再沒有問題，或者解決了問題。

何： 我當年工作的地方，也是不停開會，那種浪費生命的會，我向洋上司反映：開會太多了。這位洋人也夠幽默的，答：是嗎？那麼我們開會商量一下。

西： 掌權的政府呢，只想到備戰，製定作戰策略，研發武器，卻宣稱自己愛好和平、為了和平。另一方面又忙於控制思想，對付異見份子。

總之，大難當前，沒有人關心，每群人都生活在自己小小的圈子裏，各家自掃門前雪，又彼此仇視。好一個分化得十分厲害的社會。有甚麼要補充呢？

何： 沒有，不是很清楚麼？一個撕裂的城市，一個撕裂的星球。我們早就想到，即使冰雪融化，空氣有毒，明天就世界末日，大家還在爭吵誰的責任最大，爭論誰的拯救方案最佳。還是海素女士說得對：是的，世界末日。

西： 外星訪客見這個危城無可救藥，只好承認任務失敗，帶了一些人類用作研究、訓練，飛走了。收結寫軍方偵察到不明物體降落，斷定來者不善，一定是蘇聯，當時的蘇聯，不然就是中國。至於邪教組織，很高興，要大家準備好迎接末日的到來。在不明物體降落、起飛的地點，居然聚集了數千人之多。軍方為了驅散群眾，於是把地方封鎖，列為禁區，宣佈可能有嚴重輻射。

何： 小說寫於上世紀六十年代，顯然影射冷戰時期的美國，但好的作品，是既特殊，又普遍。

西： 半世紀後看來，何止是某地某時？

何： 是的，我們感同身受。

Doris Lessing, *A Man and Two Women*

Mary Robinette Kowal, *Evil Robot Monkey*

Kurt Vonnegut, *Welcome to the Monkey House*

無國界醫生、愉快人生、
往昔之光、Yo ho ho 海盜

1

何： 我們談談一些科幻短篇吧。

西： 寫得比較好的。我剛看過一篇就很精彩。

何： 〈斯逐〉（“Strood”，2004）？

西： 是的〈斯逐〉，尼爾·阿舍（Neal Asher, 1961－ ）的作品。主人公叫大衛，正陷於肺癌末期，痛苦不堪，只餘下很短暫的生命，他到過涕鷗醫院，涕鷗（mugull）是甚麼呢？是外星生物，鬼蝠魟一類，在空中飄浮，他們的醫術在星際間是最高明的，研製出納米 DNA 的修復器，甚麼都可以修復。但大衛已經太遲了，因為地球人的病毒太多，甚麼病都有，大家擁到醫院去，醫院成為最危險的地方。涕鷗可說是無國界醫生，但要救大衛的話，得犧牲救其他病情較輕的人的時間，這是資源問題。只好對大衛說：愛莫能助。他們給大衛一張飛船票。大衛去了甚麼地方呢？Offworld，外星一所六星級的酒店，環境非常優美，看來是讓他好好地享受餘下的日子。也算是安慰獎吧，大衛想。其實不然。

何：　其實不然。

西：　大衛到了一個頌文站（Eulogy Station）。詭異的是，在這麼一個善終的地方，大衛發覺一直被另外一種外星生物斯逐追蹤，斯逐是甚麼呢？龐然巨物，足有四米高三米寬，沒有眼睛，外形像希臘豎琴，迫近大衛的時候，就說：愛，吃你。這是多麼恐怖的經驗，幸好這怪物從未到過地球。據說斯逐是聖蟅（pathun）的寵物。

何：　聖蟅又是甚麼呢？

西：　是星際間最先進、智慧最高的生物，外形像地鱉蟲，巨大的頭顱，構造很複雜，可以三百六十度旋轉，平坦的背，腹肢上有許多隻手，各種用途的手。這些外星族群還受一種格璃場（curiol matrix）保護，讓他們適應宇航時不同的環境。我們人類就沒有了。這小說充滿各種不同形象、體態的外星生物。這方面，作者總是仔細描摹，充滿興致。

各種比附，當然是人類的視角、人類對外物的理解，看來難以擺脫。其實，好像《星球大戰》之類的電影，主人公走進甚麼外星酒吧，裏面最受注目的，是人類。可他反而會當其他都是怪物。

大衛這個人類在外星族類，論排位未必最低，斯逐可能更低，但絕對不是萬物之靈。斯逐窮追不捨，他情急之下跑到聖蟅面前，好像要求救，卻被聖蟅把他和斯逐一併關進欄籠裏，聖蟅同時把斯逐的格璃場破壞。然後把他送到酒店去。那地方可擠滿了斯逐，有數千個之多，追蹤他的一個，一直對他虎視眈眈，餓鬼似的，吃你。他這才想到，像他這種無藥可救、行將就木的人，最後的價值就是填飽斯逐。

他跑不了，也沒有氣力跑了，終於投降被斯逐吞吃了。收結出人意表，原來斯逐要吃的是他的癌細胞，他是沸鷗醫生的白老鼠，試驗成功，他好起來了，成千上萬餓得發慌的斯逐於是輸送到地球去。小說很幽默，有趣，懸疑，細節豐富。我們對陌生人總懷着戒心，有一種……

何： 防衛機制。

西： 如果樣子古怪，就以為對方不懷好意。小說還寫到溝通的問題，人類通過翻譯機和外星生物溝通，經常譯出笑話。非我族類之間尚且可以共存互利，何況同是人類？

2

何： 我也看了一篇精彩的短篇。

西： 沙裏還是有金的，至少有銀。

何： 那是北愛鮑勃．蕭（Bob Shaw）的〈你一生中最愉快的一天〉（"The Happiest Day of Your Life", 1970），這小說收在短篇小說集 *Tomorrow Lies in Ambush* 裏，題目本身就是諷刺，令人思考教育的問題，尤其是東方人的、華人社會的。但有趣的是，背景是英倫，不要以為洋人就不會望子成龍，他們的教育就沒有問題，其實問題也並不少。我們是勢利問題，是自由表達、選擇的問題，他們呢，經過自由民主的洗禮，仍然是老掉大牙的種族、是宗教。小說開始時，母親送八歲的小兒子上課，哭的不是兒子，而是她，她依依不捨。兒子不過上兩小時的課罷了，那是皇家大道的名校，一所很厲害的研究機構，主管研製出一種「皮質操作技術複合體」，通過連串的催眠術、藥物、電子模擬、錄音灌輸等等，可以只花兩個小時就把十年八載常規中學大學的學習，一股腦兒填進孩子的腦袋去。當然，孩童智商要有一百四十以上才可以入學，而且要付昂貴的學費。

她另外有兩個兒子，一個十歲，一個十一歲，都是神童，上過這機構兩小時的課，已經是爸爸開設的律師事務所的初級律師。十歲的見母親送弟弟上課時淚流滿臉，說：「媽媽在揮霍感情。」十一歲的說：「她有一種精神上自焚的傾向。」進去的是孩子，出來的是成人，不，是怪物。儘管他們的外形沒有改變，可能還一臉稚氣呢，只是眼神變得好像很有智慧的老成。這跟我們的教育是否相通？在精神上。要孩童加速成長，代價是不要成長的過程。我們不是每天都看見巴士上招搖過市斗大的補習社廣告？九七前還沒有那麼誇張，你說教育制度沒有問題？那些講賣相的天王又是否用同一種針藥？這當然不是教育，是機械改造。

西： 所以母親很傷心，她知道，她連這一個么兒也要失去了，但父親不同。

何： 不同，他很高興，而且心安理得，就像許多要為兒女安排學習各種特異功能以便報考名校的父母，我懷疑，作者沒說，他自己可能就是這所學校出來的高材生，有直系親戚，我們的名校是要加分的。有一句很可怕的金句，害人不淺的所謂金句：贏在起跑線。之前又有一句瘋話：叻，我至叻。

西： 為甚麼年紀小小，就推他們上競賽場？我們需要的是一種正常人的教育，學校不是製造神童、超人的工廠；教育局更不是鞭策這種工廠的監工。正常、健康的孩童，要學習與人相處、溝通，學習謙遜、互相尊重，而不是要比較、要勝過其他人，退化到森林裏沒有完全演化成熟的動物。

何： 這是單單依靠地產、金融支撐起來的社會的惡果，掌權的人就用這種心態設計教育。家長、學校其實都是受害者。最大的受害者是教師、學生。教育局一直有許許多多的全港學校之間的評比、調查、增值，觀看全局固然需要，可這麼一把一把尺，卻是用作體罰的工具。事實是，十多年來，我們的教育不斷改革、不停評比，而教育質素每下愈況。

小說寫兩個小時後，幼兒出來。母親看着三個模樣絲毫沒變的兒子，還是她的兒子嗎？她又想哭了。父親對這種婆婆媽媽的感性很惱怒，喝止母親，但其中一個已贏在起跑線的安慰父親說：「沒事的，爸，對於大多數婦女來說，割斷心理上的臍帶絕對是一場外傷的經歷。」

3

西： Bob Shaw 另有一篇有名的短篇〈往昔之光〉（"Light of Other Days"），意念很特別。

何： 那是「慢玻璃」（slow glass）的故事。科幻小說總在追求速度，光速，甚至想像有超光速；那些 punk 作家，也理所當然強調非人性化。這小說倒過來，把時間延後、拖慢，而且寫的是人情、親情。小說沒有寫成浮誇的宏大敘事，而是從細微處着眼，寫夫婦倆因感情出現問題，嘗試出外旅行以修補關係。

西： 最初看，我不大明白，的確有點「慢」。故事由男主人公敘事，講了一陣慢玻璃的原理，到頭來說自己也搞不清楚。

何： 我恐怕也說不清楚，試試簡單地說吧：慢玻璃是一種特別構造的玻璃，吸收光線不單慢，還需要一段時間才映射出來，就好像把看到的東西貯存，然後逐一反映。玻璃愈厚，吸收愈慢愈多，映射也相對地愈久，於是愈貴。你買一塊放在優美的山水間一年的慢玻璃，回到家中，在密麻麻的城市裏掛起來，就可以欣賞一年的青山綠水；十年的厚度，光線要十年才能通過它，讓你帶回十年的郊野風光。

他們到了慢玻璃之鄉。但當太太發現自己有了身孕，大為光火，有了孩子，她就會失去豐厚的收入，打亂他們買新房子的計劃，而他靠甚麼生活呢，寫詩。寫詩，可以謀生的麼？她尤其討厭那些口是心非的人：說想要孩子，其實根本不想要。

他們來到一所售賣慢玻璃的農舍門前，店主的腿有點瘸，在農舍的窗後面站着一個女子，抱着一個小孩。女子對客人很冷淡，好像視若無睹，彷彿是盲人。這對夫婦看到窗戶裏很潔淨，一地玩具，好一個溫暖的家。

男的要買，女的絲毫沒有興趣。後來因為下雨，女的跑進屋內，看到的竟是一片凌亂、破爛，根本沒有人。店主其實只是獨自一人。妻子和孩子，他說，在六年前一次車禍中過世了。

西： 他們看到的，是留在慢玻璃的景象，已經失去了。

何： 主人公才引用湯馬士．摩爾的詩句〈往昔之光〉：

Sad memory brings the light
Of other days around me.

小說寫於 1966 年，當年還沒有流行 home video。不過慢玻璃和 home video 也不完全相同，它不能複製，不再重播。像人的感情，如果不珍惜，失去就真的失去了。

4

何： 今早看報道，網上熱傳內地一個五六歲的男孩，警告他的母親不要生第二胎弟妹，那種措詞語氣，十足上過皇家大道名校的兩小時課程，他說：

> 媽，我今兒就把話撂這兒了，你要是敢生第二胎，你就等着，等哪天晚上你們都睡覺了，我就自個穿點衣服，拿幾塊錢，自己下樓打個車，一直餓死。……你敢生我就敢死，你看我能不能落實。

這是多年來落實一胎計劃生育的產品。

西： 真令人無話可說。我想你也看看這一篇特里・比森（Terry Bisson）的〈索馬里海岸的海盜〉（"Pirates of the Somali Coast"，2007）。

何： 哦。

西： 很簡單易看，這是一個男孩的敘述，他的父母讓叔叔和阿姨把他帶上郵輪渡假，男孩以連串電郵向媽媽和一位小友報告遊歷過程，電郵有二三十封，有不少錯字，連篇 Yo ho ho。起初說悶得發慌，既沒有大風浪，又沒有遇上海盜。叔叔整日呆在賭場，阿姨則躲在房中，因為暈船。他自己呢，在遊戲房流連，或者在電影院。他看了 Johnny Depp 的 *Pirates of the Caribbean*，那是他的偶像，多麼希望有海盜出現，不然，坐郵輪還有甚麼趣味呢，他一直戴着海盜帽。

後來在公海裏，真的有海盜出現，他興奮極了，真正的海盜，有刀有槍，像電影那樣用繩索爬上了船，酷死了，並且開始搶掠、強姦、血淋淋地屠殺，他自己則成為海盜的幫兇。海盜威脅水手加入他們一伙，他的一個大朋友拒絕，結果被削去鼻子，他把鼻子留下，說是海盜周的紀念品。最後，全船遊客死光，只餘下他一個。他仍然當是一場好戲。海軍到來把他救了，他沾沾自喜，以為一定會上電視，成為英雄。最後給媽媽的電郵，他自稱是「傑克・斯帕羅船長」（Your loving son—Captain Jack Sparrow, Yo ho ho）。

何： 這是郵輪文化、迪士尼電影的教育，並不科幻，我也無話可說了。

Neal Asher, *Owing the Future*

Bob Shaw, *Tomorrow Lies in Ambush*

《索拉里斯》：小說和電影

1

西： 外太空即使有適合我們居住的地方，那也會是其他不同的生命形式。

何： 可能，某些人會再加上「不排除」，說可能懸掛十號風球，卻架床疊屋說「不排除這個可能」。

西： 多年來科幻小說寫外星族來到地球，主要有兩種態度：一種是敵意的，要侵佔地球，像 H. G. Wells 的《星際戰爭》，像近年很爛的電影《天煞地球反擊戰》（*Independence Day*）；另一種是善意的，可以做朋友，像史匹堡電影《第三類接觸》（*Close Encounters of the Third Kind*, 1977）。無論敵意的、友善的，態度都很清楚。這其實是我們對待其他人，尤其是對待其他國家的態度：非友即敵。

我最近再看斯塔尼斯瓦夫・萊姆（Stanisław Lem, 1921－2006）的《索拉里斯》（*Solaris*, 1961），顯然不同，甚至不是第三種，既是朋友又是敵人，可能兩者都不是，而是你根本不知道，不能歸類。如果以為生命的形式是穩定的、固體的，這小說則是液體的，而且不斷變動。這是非常好的一本書，啟示我們，別以為你明白了解其他的文明，何況，如果這文明比你高。

何： 這是我很喜歡的一本科幻小說，作者斯塔尼斯瓦夫・萊姆是波蘭人，懂多種語言，之前看過他寫機械人的故事《機器人大師》（*Cyberiada*, 1965），幽默，有趣。《索拉里斯》則是科幻小說的佳作。

西： 我看了兩遍，多年前初看時嫌它議論多了，現在再看，這本 1961 年寫的科幻小說，思想的深度，的確與其他英美的科幻小說完全不同。也許要先簡述一下這小說。

何： Solaris（索拉里斯）是太空外一座很神秘、奇異的星座，外表由一個原生體的海洋包裹，好像會思想。人類於是在離海洋四五米的上空建立太空基地，研究它，研究了百多年，收集了大量海洋活動的奇怪現象、數據，因而產生所謂索拉里斯史、索拉里斯學（Solaristics），舉辦過無數研討會、論證會，但始終沒有人能夠好好解釋這個會思想的海洋。

西： 《星際啟示錄》（*Interstellar*, 2014；臺灣譯《星際效應》）尋找外太空基地，最初降落的星球，不就是一個海洋麼？

何： 對。考察員不是遇難墜海，就是失蹤。有人曾回報看到甚麼，譬如一個巨大的孩童，但地球上的專家學者都只當是幻覺。除了是幻覺，還可以有甚麼解釋呢？而且學者更分門分派，鬧得水火不容。主人公凱爾文（Kris Kelvin）是一位心理學家，因為太空站出了狀況，被派到太空基地調查，基地只餘下三個人，其中一位科學家是他的朋友。故事從他登上太空船出發開始。

西： 小說運用凱爾文第一身的角度敘述。

何： 他到達時才知道他的朋友自殺死了，另外兩個人，一個叫斯諾特（Snaut），花名「耗子」，看來命奇怪怪、神經質、緊張，只一再強調如今只有他們三個人。另外一個叫薩托琉斯（Sartorius），他把自己關在實驗室裏。那裏像太空基地？不如說是個異托邦，一所精神病院。他走出房間，馬上就看見一個高大的黑人女子，可她對他視若無睹。三個人？這是否恐怖小說的橋段？

西： 開始的確有點恐怖、懸疑。他發現，在他來臨之前，他們曾用超強的 x-ray 向海洋照射，照射了好幾天，作為試驗，看海洋的反應。那本來是不容許的，太強烈了，那是他的朋友的主意。

何： 詹明遜的用詞是，想令這個平靜的海洋「屈服」。

西： 海洋沒有「屈服」，但異象出現了。他回房疲倦地睡去，醒來，發覺一個女子就坐在床邊，看着他，那是他的妻子哈瑞（Harey），十年前自殺死了。他和她有過一段不愉快的婚姻，她認為他不關心她，因此產生悲劇。

何： 十年生死兩茫茫……

西： 但不可能是幻覺，那分明是有血有肉的哈瑞。她呢，好像甚麼都忘記了，知道自己、對方是誰，可是不知道自己從何而來。一個沒有許多記憶的生命。他當然很害怕，哄騙她走進一個飛船，把她發射到外邊去了，以為解決了問題。然而第二天，他從睡夢裏醒來，又發覺她坐在床邊，看來純真、無邪，仍然好像甚麼都沒有發生。我遺漏了甚麼？

何： 沒有甚麼。她一直跟着他，他嘗試把她關在房間裏，她卻死命把門撕開，把自己也弄傷了。但她有一種自療機制，傷口很快痊癒。她可以不吃、不睡。之後來呢？

西： 後來，他發覺另外兩個科學家也有這種遭遇。他們看來同樣遇上自己深藏的、壓抑的秘密，以人的形象出現。原來那就是海洋對 x-ray 的回應，從人類的內心世界發掘，像鏡子那樣，讓人看見自己的「真相」，而且倒過來，人反而成為被觀察的對象。不過，也只是這樣罷了，不一定是惡意的。之前自殺的一位，看到的明顯是黑人女子；留下來的兩位，看到甚麼、遇上甚麼，書裏沒有寫，只見陰影，或者聽到一個孩子的笑聲。在塔可夫斯基（Andrei Tarkovsky, 1932－1986）的電影，讓我們隱約看到一個小孩，或者侏儒。他們既不理解，又都想把重塑出來的形象隱藏起來。凱爾文這才明白，兩人難以啟齒的原因，也不想回報地球，因為沒有人會相信，而每個人收起來的東西又不相同。

何： 這小說先後三次改編成電影。先是 1968 年，改編成蘇聯的電視電影；之後是 1972 年，同樣是蘇聯製作，導演是大家塔可夫斯基。再然後是 2002 年，美國的索德伯格（Steven Soderbergh），可見這小說的吸引力。小說中，一個科學家記錄在飛行時看見海洋上出現一個巨大的嬰孩，那不是幻覺又是甚麼？這是心理的問題嗎？這位心理學家 Dr. Kelvin 到來就能夠解釋問題嗎？他是阿西莫夫的 Dr. Calvin？他應付的，卻是另一個星球。更有趣的是，這個來自人類內心的形象，一經塑造，就是獨立的生命，會學習，會思考，會追尋自己的身份，會自行選擇。

當哈瑞知道自己的過去，不，那位真身，是自殺死的，她也嘗試自殺。Kelvin 開始接受這個複製，像贖罪，甚至愛上她，他苦惱極了，過去可以彌補嗎？自己愛的是那個真人，是記憶，還是這個複製？是去還是留？她卻因為認識到不可能跟他到地球去，不可能通過身份檢定之類，請求 Sartorius 用光束消滅器將自己毀滅。

西： 這小說處理的遠不止是心理問題，也不止是愛情，是人的尺度……

何： 人在宇宙間的位置、人有限的知識。你想到許多。令人想到，整個外星族、科幻世界，包括小說、電影，各種考察，這是薩依德 Orientalism 的先聲，萊姆的視野不是歐美西方，而是全人類，我們看其他星球，只是這小小地球的自我投影，是人以自己的尺度這樣那樣建構。萊姆對科技不信任，也不喜歡美國的科幻小說，他對所謂交流，有點悲觀？

西： 悲情。

何： 是的，他的收結是開放式的，主人公留下來，還抱有絲微的期待。只是人和人的溝通尚且不容易，每個人都有自己的問題，我們面對這些真相已經困難，至於知識上，更難說要和外星溝通。他還提到「神」的問題，一個有缺陷的神。書中借主人公和斯諾特提到信仰，不是傳統意義上的神，而是被賦予了人類的特徵、被有意放大了的神，於是也有了人的缺陷。我讀伊格頓（Terry Eagleton）的《異端人物》（*Figures of Dissent*, 2003），談烏托邦，指出《格列佛遊記》中的格列佛，必須與小人國和大人國的居民擁有一些相同的文化特性，否則就無法用來諷刺自己的社會，另一個原因，更重要的，「真正的他者是無法理解的」。是的，完全一樣，不用比較；完全不同，也不能比較。我們在異見者身上發現自己。

西： 這顆行星，環繞兩顆恆星旋轉，一顆紅色，一顆藍色，有一種理論以為環繞雙恆星運行，因為引力不斷變化，不可能產生生命。但宇宙的奧妙，遠遠不是人類所能透徹認知，Solaris 表現了另一種生命形態，莫測高深，卻又好像很單純，嬰孩那樣好奇。好奇？也可能不是。但它要殺死人類這些「外星人」，還不容易麼？對了，從 Solaris 的角度看，我們才是「訪客」，是名副其實的外星人。

何： 萊姆的 Solaris，非好非壞，也說不上關心與否，而是我們根本不理解，人類向外星的尋求，如果不是徒勞，至少遠說不上甚麼認識。書中指出，「溝通」本來是起點，卻逐漸被神聖化，成為至上的終極目標。為了和外星通話，有人就創出外星語言學，叫 Xenolinguistics，Xeno 是「外來的、異國的」的意思，好像螞蟻向大象呼喊：喂喂，大塊頭，我們做朋友，好嗎？

西： 香港的生物學家在龍虎山郊野公園的叢林發現一種新螞蟻，螞蟻身體色澤金黃，研究團隊把牠稱為「金樹蟻」。螞蟻有多少品種？一萬八千以上。地球上的生命，我們知道的，恐怕不足兩成。你會聽到叢林裏的螞蟻對你喊叫：我們溝通一下，交流交流好嗎？

何： 萊姆的小說，寫於當年美蘇的太空競賽，意味是很明顯的。1961 年蘇聯首次發射人類上太空，宣傳為打敗了美國；美國於是急起直追，1969 年阿波羅 11 號登陸月球，插上一面美國旗，那是美國的一大步。

西： 像征服火星、征服甚麼的，連狗、猩猩都被迫參與了，成為先鋒。又或者，外星的入侵者，卻被我們地球的病毒殺死，那可能是壞的科幻小說、壞的科幻電影。科幻的世界，可以令人變得自大，也可以令人感覺自卑，也有一種，令人看到自己，既無知，又有各種局限，但好奇，對追尋知識有無窮的毅力、無比的意志。

近年又復興平行宇宙（parallel universe）的討論，又再引起大家的興趣，說我們的宇宙不是獨一無二的，跟我們的宇宙平行存在着，複製那樣，同中有異的另外的宇宙。

2

西： 星空的確很有趣，令人產生無限的想像。星星多極了，真是滿天星斗。其實星星本身就是有生命的，那是另一形態的生命，同樣有生老病死，有誕生，有成長，會結盟，同樣游走，同樣競爭，會對抗，欺凌弱小，把對手吞噬，也會衰老，然後死亡。死了，不是沒有了，而是成為另外的東西，然後再生。我們這個小小的地球，何嘗不會？你破壞環境，它的反應是回敬你地震、海嘯、陰霾、沙塵暴、龍捲風、大水……它也生病了。但它沒有性別問題，沒有宗教問題。

何： 說它會爭逐霸權，或者人類本身就是一個個小星球，一生在自己的銀河系裏找尋對手，找着了，就想方設法，甚至不擇手段，證明自己優勝，還培養一群門人弟子搖旗吶喊。

西： 萊姆的小說有許多索拉里斯海洋的描寫，各種變化的形態，寫得很好，索拉里斯是主人公。塔可夫斯基的電影是傑作，不過如果再拍，對海洋的拍攝，視覺效果仍然可以有更多的變化。電影着重的是心理學家這人物，索拉里斯星之旅，改成他的一次心靈之旅。哈瑞一直在追問：我是誰？我從何而來？這何嘗不是凱爾文的問題？

何： 小說只有一句提及父親，這角色在電影裏多了許多戲分。凱爾文離開地球前在父親的家裏，那其實是最後的告別，因為時差，到他再回來，父親應該不在了。收結時，他又回到老家去，然後跪倒在父親面前，像回歸的浪子（prodigal son），但鏡頭徐徐拉開，那其實是海洋裏的孤島，凱爾文想甚麼，索拉里斯就立體地給你呈現出來。

西： 電影回歸人的自身：親情、愛情，人的過去。有一些凱爾文和妻子的閃回，這是小說沒有的。這也是跟小說不同的地方。但跟萊姆一樣，也破除人的自大、狂妄。

何： 對我們不了解的事物，只有敬畏。對，只有敬畏，而不是恐懼。恐懼是對實知之物，敬畏，則是對未知。這可以解釋凱爾文在塔可夫斯基的電影，第一次在基地裏看見哈瑞，只有遲疑、思考，是處變不驚；在索德伯格的重拍裏，他卻是大驚而起，活見鬼，猛打自己的臉。兩種人，一冷一熱，甚至兩種意識型態。小說通過凱爾文的視角，很少回顧，除了翻看索拉里斯的文獻，思考的是將來。塔可夫斯基的電影呢，老爸的家放置了許多古希臘的雕塑，一個是斷臂的維納斯，一個是蘇格拉底，我們記得，哲學家說過：認識你自己。

西： 還有丟勒（Albrecht Dürer）等人的繪畫，巴赫的音樂，這是塔可夫斯基的視角。他緩慢地呈現老布魯哲爾（Pieter Bruegel the Elder）的《雪中獵者》（*Hunters in the Snow*, 1565），逐一放大，那些獵者，帶着獵狗，沒有甚麼收穫，正在回家。

何： 老爸的家，就有一隻狗。老爸說自己不喜歡革新（innovation），這在1970年代初的蘇聯，無疑是很大膽的。Jennifer Feeley（費正華）和Sarah Wells合編的 *Simultaneous Worlds*：*Global Science Fiction Cinema*，收了其中一位年輕的學者Jillian Porter的文章，她指出這跟冷戰時期蘇聯的宣傳背道而馳，老爸的種種藏品，並無國界，純是個人的愛好，而且毫不革命、進步；到頭來他本來應該回到地球報告任務，卻因為個人情感的糾葛而選擇留下來。

西： 索德伯格的重拍，清楚解釋所有東西，但失去更多的東西，關心的主要還是愛情的故事，愛情好像可以超越生和死。

何： 還用上Dylan Thomas的詩句"And death shall have no dominion"。這首詩在另一齣很爛的科幻片《絕地殺機》（*Omega Doom*, 1996）中由Rutger Hauer讀出，這位荷蘭演員演出《銀翼殺手》曾搶盡鏡頭。有趣的是，科幻電影似乎特別鍾情Dylan Thomas，他另一首"Do Not Go Gentle into That Good Night"，在《星際啟示錄》裏，又或者，改動了句子，出現在美國又再拯救了世界的 *Independence Day*。Dylan Thomas成為科幻詩人了。

索德伯格最大的改動是，凱爾文和由黑人女子扮演的 Gordon（Sartorius），最終發現 Snow（Snaut）的屍體，原來一直跟他們一起、吞吞吐吐的 Snow，其實是個複製。這個複製人把原主殺了，他解釋純粹出於自衛。

西： Snow 看到的是自己孿生的兄弟。整齣戲，除了一些室外的回憶，場景大多在室內，一個封閉的空間，技術並無突破，複製人的秘密懸疑，是典型的荷里活劇情，總要弄出一點刺激。

近年看《引力邊緣》（2013），特技真的歎為觀止。比較一下梅里愛的《月球旅行記》，至少有一百年吧？

何： 一百多年前。

西： 黑白，默片，不過十四分鐘。《引力邊緣》開場的一個長鏡頭，已超過這個時間。重拍 *Solaris*，應該對這個會思考、經常變成立體的海洋多一些視覺的特別效果才好。

何： 《引力邊緣》其中令人印象深刻的一場，George Clooney 飾演的 Matt，解開了與女主人公 Ryan 連繫的繩索，他鼓勵她 don't let go，自己卻 let go，這場戲可以有不同的解讀，那條維繫生死的繩索，各繫一頭，只能選一，但男的自我犧牲，這意念早見於 Brian De Palma 在 2000 年的《火星任務》（*Mission to Mars*）。墨西哥導演 Alfonso Cuarón 無疑聰明得多，加了中國元素，特技是一大突破。他的《人類之子》（*Children of Men*, 2006）也很不錯，他的長鏡頭已有前科。同樣是他的墨西哥同鄉 Emmanuel Lubezki Morgenstern 攝影，這位 Lubezki 很不簡單，例如主人公救人時在樓宇之間的槍戰，一鏡到底，令人屏息。又或者在公路上遇襲的一場，都拍得別開生面。

西： 那電影我好像也看過。

何： 看過。電影改編自英國 P. D. 詹姆斯（P. D. James, 1920－2014）的作品，她以推理小說著名，是阿嘉莎・克莉絲蒂之後另一偵探名家。《人類之子》是她唯一的一本科幻小說。片中講人類不育，原因不明，地球上最年輕的人已經十八歲，剛死去，人類看來要絕滅了，這和外星族入侵不同。故事背景是許多年後的英國，一個極權的敵托邦，但好像仍然比其他地方安全，所以大量難民湧入。英政府把關嚴防。近年難民問題，不是造成歐洲撕裂麼？如今看，頗有預見。有移民政策，就有反移民政策的地下組織。那些難民營，多麼像美國政府搞的 Abu Ghraib、Guantanamo Bay 監牢。這電影有許許多多的「引文」，譬如所謂 Children of Men，就來自聖經。知識份子會看得津津有味，然後沾沾自喜。故事轉折是，忽然發現一名黑人女子懷了身孕，人類重新有了希望，也因此各方展開爭取、追逐。最後，主人公死前，把黑人女子送上小艇，在茫茫煙霧裏航向救贖的大船，叫明天（Tomorrow）。

西： 黑人女子，非洲夏娃？

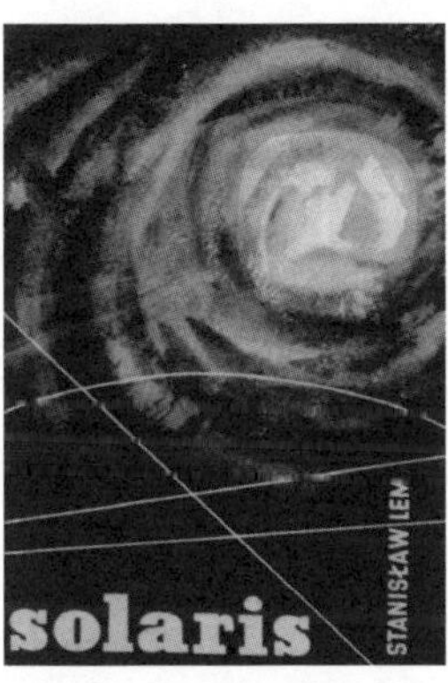

Stanisław Lem, *Solaris*

斯塔尼斯瓦夫・萊姆著、趙剛譯：《索拉里斯星》

斯坦尼斯拉夫・萊姆著、傅臨春譯：《機器人大師》

Jennifer Feeley and Sarah Ann Wells ed., *Simultaneous Worlds*：*Global Science Fiction Cinema*

《外星人在巴塞隆那》、《美麗之星》

1

何： 西班牙的愛德華多·門多薩（Eduardo Mendoza Garriga, 1943－　）在 2016 年獲得西班牙語最高榮譽的塞萬提斯獎（Premio Miguel de Cervantes），可說是目前西班牙語其中一位重要作家。他的《外星人在巴塞隆那》寫外星人降臨地球，好像有點落難的描述，其實不是的，那是諷刺的喜劇。

西： 這小說是外星人對地球的採訪、報道，近乎獵奇，不是善意，又不是敵意，其實是作者通過陌生人的眼，揶揄西班牙的種種怪現象。這小說寫得輕鬆、幽默。

　　我想起三島由紀夫（1925－1970）的《美麗之星》，就像《外星人在巴塞隆那》，借外星飛碟的話題，來思考地球的問題。我們就談談這兩個小說。你先說看《外星人在巴塞隆那》的想法，然後我說說《美麗之星》。

何： 好的。《外星人在巴塞隆那》是中譯名，原名是 *Sin noticias de Gurb*，有一個英譯本 *No Word from Gurb*，換言之，中文直譯應是「沒有吉爾布的消息」，這也是書中不斷出現的句子，像母題。中譯名是噱頭，吸引讀者，可以理解。吉爾布是外星人，我們老是把外星的異類說是「人」，那是自我中心的說法，你很難說「人」是宇宙間萬事萬物的最佳形構。人類的形象構造，對外星另類來說，反而是怪物。而且，那麼多的限制。

吉爾布奉命到地球了解地球人的生活，他可以隨意變形 —— 變形是他們的特異功能，還可以把別人變成另外一個人，把飛船變成其他東西。但吉爾布到了地球就失去消息。敘事者是吉爾布的上司，另一個外星人，於是到來找他。上司用日記的方式逐日記錄尋找的過程，而且標明時間，然後上報。他發回去的消息是：沒有吉爾布的消息。

為了融入人類社會，他變成各種各類的人。他可沒有變成怪物、喪屍之類，而是變成有趣的地球人物，古今都有：哲學家、歌星 Pavarotti、鬥牛士、作家、名流，主要是西班牙人，也有的是外國的，例如影星加利・谷巴（Cary Cooper），這個我認識，演過《約克軍曹》（*Sergeant York*）、《日當頭》（*High Noon*，港譯《龍城殲霸戰》），我都看過六七次。天氣熱了，他變成甚麼呢，聖雄甘地。

西： 背景也要說說。

何： 愛德華多・門多薩是巴塞隆那的加泰羅尼亞人（Catalan）。這小說寫於 1990 年，兩年後巴塞隆那就要舉行奧運會了，籌備工作如火如荼，產生許多問題，混亂得近乎失控。知道這個背景對了解小說有助益，但問題一直存在，不過是因為舉辦龐大的活動而突顯出來。他諷刺的，也不止於巴塞隆那。這城市，像任何現代的大城市，建設同時就在破壞。愛德華多·門多薩用漫畫化的筆調描述，這個敘事者有點像英國的戇豆先生（Mr Bean），一降落，就吃盡交通混亂的苦頭，不斷被車撞倒，頭腦滾到老遠。而且到處堵塞。他分析當地的水源，是「氫、氧和糞便」，英文是「hydrogen, oxygen and poo」。然後又不斷掉進溝渠，他這樣報告：

15：02　我掉進了加泰羅尼亞水力電氣公司開挖的溝中。

15：03　我掉進了巴塞隆那自來水公司開挖的溝中。

15：04　我掉進了國家電信公司開挖的溝中。

15：05　我掉進了科爾西加街區居委會的溝中。

他說受夠了，掉了一隻手臂和一條腿，吃了四回狗屎和若干煙頭，耳朵和舌頭都耷下來，他用皮帶把它們綁回去。

作者就是這樣嬉笑怒罵，反映了社會現實的生活。十多二十年前我們在巴塞隆那閒逛，也幾乎遇劫，一個女子帶着四五個孩童向我們走來，看來是吉卜賽人，她拎着報紙，我大聲喊叫，她們才散開。

有趣的是，這位外星族休息時必定換上睡衣，也會祈禱。喜歡甜食，不停地吃，也喝酒，即使成分很古怪，然後到處嘔吐，在這個廣場嘔吐，那個花壇、行人道嘔吐。幾乎嘔遍巴塞隆那。而且，他愛上了鄰居的太太。為了親近她，他不停向她借東西，這一分鐘敲門借一碗米，幾分鐘後敲門借兩勺油，幾分鐘後借一瓣蒜，幾分鐘後借幾個西紅柿，幾分鐘後借鹽、胡椒粉、香菜、藏紅花，幾分鐘後又借……最後鄰居太太煩死了，給了他二千比塞塔（peseta）——這是歐羅流通之前的西班牙錢幣，請他自己到館子去。我讀到這裏，忍俊不禁。下文應該是：我甚麼都有了，但你可以和我一起去嗎？

他最大的發現是，人類分兩種：貧人和富人。富人甚麼都優先、甚麼都方便，所以他在自己的銀行賬戶裏，使出特異功能，指示電腦加上許許多多個0。但他很快就了解到，錢財並不能帶來幸福。他把錢財都送了人，包括他認識的酒吧老夫婦。他到處闖蕩，闖過禍，到過警察局，又見識了一些人，其中一個是中餐館的老闆，這個人小時候想移民到舊金山，卻上錯了船，到了巴塞隆那，因為不會拉丁字母，一直並不知道這個錯誤，然後結婚生子，努力工作，只周日休息，休息做甚麼呢？全家人去找金門大橋。多年來都沒有找到，將來恐怕也不會找到。

西： 沒有吉爾布的消息。

何： 沒有。他也想到，既然找不到，就自己回星球去。問題在吉爾布雖是下屬，卻只有他懂得修理飛船、懂得駕駛。上司除了會發號施令，是可以甚麼都不懂的。他從 9 日待到 25 日，到了最後的幾天，吉爾布終於出現了，原來變成了著名的妓女，出入名流的宴會，包括曾和貝聿銘以及他的合伙人共舞。

西： 而且，看來對地球多姿多彩的生活很愜意，不想回去了，認為祖家的生活不見得更好。兩個同胞待了兩天，吉爾布跑了；收結時，還是那句：沒有吉爾布的消息。在眾多的科幻小說裏，這是別開生面的，易讀、幽默、諧趣、陌生化，幻想多於科學，雖然不斷諷刺、挖苦，這種筆調，正可以看到作者對巴塞隆那還是有善意的，留有餘地。

何： 對，這位外星戇豆先生就很關心酒吧老太太的病，經常去探病。愛德華多・門多薩畢竟是加泰羅尼亞人，高迪的後人，這些加泰羅尼亞人對巴塞隆那如果責之切，也只是恨鐵不成鋼。我們可不會用批判寫實的調調，怪責他這種俏皮的筆調，淡化了巴塞隆那的社會問題。

西： 反而還嫌他寫得不夠天馬行空。加泰羅尼亞出過許多傑出的藝術家。

何： 近年巴塞隆那令舉世矚目，不止因為足球，而是要求脫離西班牙獨立。要求獨立的還有巴斯克。巴斯克自治區在西班牙的中北部，巴斯克語據說和西班牙語完全不同，球隊代表是畢爾包，用的往往是巴斯克人，財富不及巴塞隆那。整個西班牙的經濟都不好，但巴塞隆那居民以巴塞球隊為榮，有十多二十萬人是球會的會員，會員可以投票選擇主席，左右買賣球員。所以巴塞對皇馬就像打仗，彷彿上升為兩個民族的比賽。加上球場是全歐洲最大的，觀眾最多。球迷說巴塞的美斯（Messi）球技出眾，他可不是加泰羅尼亞人，於是巴塞人說他是外星人。畢爾包總打不過巴塞隆那。近二十年巴斯克也成為旅遊區，是由於 Frank Gehry 設計建造的古根漢美術館。這美術館比館內的藏品還要好看。

西： 那設計，像雕塑，很好玩；過猶不及，其他許許多多的後現代仿製，如果內部空間不行，外部又跟環境不協調，就只覺怪異。不過，還是加泰羅尼亞人才眾多。高迪的設計也像雕塑，更像玩具，好玩的玩具。畫家方面，有米羅（Joan Miró）、達利（Salvador Dalí）。米羅也畫過外星人，巴塞隆那的米羅美術館，門前迎客的就是一個外星人雕塑。二十世紀還有一位非常出色的音樂家，那是大提琴家卡薩爾斯（Pablo Casals, 1876－1973），他的成就可說前無古人，他重新發現、整理巴赫的大提琴樂譜，把大提琴的地位提昇，足以獨當一面，不讓小提琴專美。

何： Pablo Casals 在佛朗哥獨裁統治時代自我流放，到處演奏，但拒絕到跟佛朗哥友好的國家。晚年在外地演奏時，收結總奏出故鄉加泰羅尼亞的民謠“El cant dels ocells”（Song of the birds〔白鳥之歌〕）。他的演奏優美極了，我們休息一下，讓我打開電腦，因為 YouTube 上仍然可以聽到。

愛德華多·門多薩沒有寫巴塞隆那對足球的狂熱。寫甚麼、怎麼寫，當然是作家的權利。按指定而寫，哪裏還是創作？我只是奇怪而已，可能正因為巴塞隆那人太狂熱，就是不寫。這是不寫的寫。外星人也許留得太短了，他何妨看那麼一場國家打吡，把自己變成加泰羅尼亞的哥迪奧拿（Guardiola）、沙維（Xavi），或者索性變成美斯？

2

西： 三島由紀夫的《美麗之星》，是他唯一的科幻小說，寫於 1962 年。全書一共十章，全知觀點敘述。開初寫一家四口上山看飛碟，都自稱是外星人，父親是火星人，母親是木星人，兒子是水星人，女兒是金星人。不同的星系，所以合稱宇宙人。他們來地球的目的，是為了拯救人類，這是有感於美蘇冷戰，進行軍事競賽，試驗核彈，人類陷於絕滅邊緣。父親發起組織宇宙朋友會，發佈各地出現飛碟的消息，聯絡有志的人士，合力提倡和平，他們還寫信給赫魯曉夫，請他放棄核武。他們可一直守着是宇宙人的秘密。那次上山，他們卻看不見飛碟。

他們收到許多回信，表示參加的意思。其中一個，自稱也看到飛碟，而且是金星人，是女兒的同鄉。女兒因此要親自出門，去跟這位同鄉會面。這個女兒很漂亮、很純潔，那位金星男子也很英俊，還會唱謠曲，日本的能劇，我們知道，是戴假面具演出的。總之兩人相見甚歡。要補充的是，這四口之家來到地球後就忘了在外星的生活。她問起他金星的情況，他可不願意透露。他帶她去荒寂的山頭看飛碟。他們果然就看到飛碟了。

不過，回來後，女兒懷了孕，這金星人也像吉爾布，沒了消息。父親於是前往找這個男子，輾轉尋找，才知道他哪裏是金星人，不過是個化了假名的騙子，早已逃之夭夭。他回家後隱瞞真相，只說這個金星人，可能回金星去了。女兒也說自己是貞女懷胎，會誕下小金星人。

小說到了第五章，另寫一組人，三個，同樣自稱是宇宙來的人，據說來自天鵝座 61 號一帶的未知名的行星，他們到地球來的目的完全相反，是要毀滅地球、消滅人類。他們憎恨人類的種種惡行、無知。他們一個是副教授，一個是他剛畢業的學生，一個是理髮師。副教授是思想導師，還是一個政客的顧問。三個人都長得很猥瑣，尤其是後面兩個，語言、舉止都很粗暴。他們認為人類無可救藥，因此要挑動戰爭，戰爭是必需的。他們要破壞地球，他們自己也要有所貢獻，方法由這個學者提出，各自選一種工具，因為討厭人類的消費主義，所以以一百元為上限。結果走進百貨公司，學者買了一把螺絲刀，學生買了一瓶硫酸，理髮師呢，傷透腦筋，被人捷足先登了，最後買了一把剝核桃器。他以為用剝核桃器毀滅地球，這主意真是棒極了。

何：糟糕，原來我手上也有一件毀滅地球的工具。

西：一頭要拯救，另一頭要毀滅，那可能是一事的兩面，不過三島在小說裏的天平是有意傾斜的。拯救，畢竟是良好的意願。

何：但看三島自己後來的發展，組織武裝的「盾會」，聲稱要發揚武士道精神、保衛天皇。那種暴烈、激越，其實近於後者。記得嗎？1970年三島帶領幾名盾會成員，綁架自衛隊團長，然後向八百名自衛隊員演說，呼籲他們起來，發動兵變，修改日本不得擁有軍隊的憲法，不做美國附庸。他的說辭，指控日本人墮落、崇尚物質、崇尚西方文化，跟書中三位的說辭，是否有點相似？他沒想到，自衛隊對他的演說無動於衷，還冷嘲熱諷，認為他是瘋子。他於是當機立斷，照武士儀式切腹自殺。這時候不死，對他來說就是懦夫，羞恥至極。

西：記得那本《菊花與刀》的書，分析西方人的罪感文化與日本人的恥感文化？

何：不過我懷疑今天日本的新生代，受歐美衝擊，是否仍以名譽、勇敢為最高價值？近二三十年，已不見切腹的舉措。插入一句，小林正樹那齣《切腹》（1962），真是經典傑作，近年拍武士落難的影片，都望塵莫及。

西： 劇本極好，仲代達矢的演出也極精彩，調度、配樂、剪接，無一不佳。那真是日本電影的黃金時期，當年看小津、黑澤明、溝口健二，就的確是上課。

何： 《切腹》表現江戶太平時期，各地封建領主（稱為「大名」）為節省開支，都在裁員，許多武士因此失業了，其中有些就登門借地切腹。大名為免不好看，加上惻隱，都加以勸退，並打賞小量金錢。賞錢消息傳開後，引來更多的「切腹」。所謂武士道精神，淪落到這個地步。這反映了武士落難的苦況，他們連生命、尊嚴所繫的武士刀也變賣了，配的是充撐場面的竹刀。有一天，大名的家老覺得太煩厭，又來敲詐？好，就借庭院給你，就用你的竹刀。目的本來是殺一儆百。故事是有根據的，原著出自瀧口康彥的《異聞浪人記》，據說根據四百年前《井伊家覺書》的歷史記載，「覺書」，就像我們甚麼人物的生活誌。

西： 所以電影像歷史陳述，點明《井伊家覺書》。收結就來一場切腹，由於是黑白片，只覺沉鬱、悲壯，並不血腥。

何： 這是主題的「硬接」，不是雷大雨小。《切腹》近年重拍，叫《一命》，不知成績如何？三島的切腹，恐怕只予當代的日本人鬧劇的感覺。對他的自殺，猜測甚多，其中一個是同一年川端康成獲得諾貝爾文學獎，而不是他。好勝的他自尊心也許受損。但倘為此而自殺，未免看扁他。到川端康成自殺，又有說是由於慚愧自己得獎而不是三島。更有人補充說三島兩三度入圍，卻擦身而過。諾獎何曾公佈過入圍的名單？當然是炒作。這是沒有弄清楚諾獎的評選運作。諾貝爾規定評審保密五十年，不可討論得主以外的其他提名人，而且一經提名，會一直累積，不會是兩次三次入圍。

其實，甚至說他的「右派思想」也嫌片面。武士道，是一種視死如歸之道。傳統日本人對自殺、死亡有獨特的見解，尤其是為了信念、承諾，那居然是美的、詩意的，是勇者的表現。三島，可能是最後的一個武士。法國的尤瑟納爾（Marguerite Yourcenar）斷定三島長期思考死亡、自殺，他的死本身就是經過周詳策劃的作品。

西： 四口之家，不同的星系，不同的性格，甚至微妙地分歧，也是刻意的安排。父親到處努力演講，以天下為己任，要人類醒覺。這方面，還在讀書的兒子興趣不大，他喜歡人類漂亮的女孩，而且有政治的野心，政客對他花言巧語，就自以為做做跑腿，可以討一個席位，誰知被利用完後，就摒棄不理了。這政客和要毀滅地球的學者勾結。女兒呢，上了當還不自知。母親則是一般日本的婦女，以丈夫的想法作為自己的想法。

小說最後，當然是兩種理念的交鋒。三個要毀滅地球的人登門會見宇宙朋友會的會長，展開了冗長

的辯論 —— 幾乎佔了全書十分之二。四個宇宙人，主要是會長和學者發言，其他兩個只是間中插嘴吶喊。一場激烈的論辯後，母女發覺父親倒地不起，三個男子走了。

把父親送去醫院，診斷的結果，原來患了末期胃癌，不久人世。後來父女在醫院相對，父親終於告訴女兒，她受騙了。收結時，一家四口靜悄悄收拾細軟，晨早登山看星，這一次，他們終於看見飛碟了。

三島的敘事能力十分高，原本荒誕的情節，寫來卻嚴肅莊重，足以令人信服；這跟愛德華多・門多薩完全不同，他就是要令人難以置信。十個章節也佈置嚴密，他描寫日本的風土人情、景物、衣飾、用品，以至藝術，都很細緻、精彩，本身又有豐富的天文知識。

何： 為了寫這小說，他在天臺上築了個觀星臺，和小松左京（1931－2011）一起看星。他還是日本飛碟研究會的會員。有人問起他對小松左京的科幻的看法，他說小松近來 —— 那是上世紀六十年代 —— 寫得太多了。

西： 小說有深意，三島是有道理要說的作家，要批評的話，就是小說裏的道理太多了，守不住。尤其是第八、九章的爭辯，長篇大論，兩方的理據其實差不多，分別只在結論：一個要救贖，另一個要毀滅。書讀到這裏，真考驗耐性。

何： 而且，不知是否同意，人物的腔調措詞，基本上都是一樣的，那是三島的腔調措詞。例如父女最後一場對話，當女兒知道父親一直隱瞞男友是騙子的事實，說了甚麼「生下來的孩子將失去現實性，一生都將成為被拋棄的夢之蛹」、甚麼「虛偽之箭」、「我們能夠以真相做食糧，餵養我們的夢，不是嗎？我們的夢是虛偽的對立物」等等，我不會日文，這是丁丁蟲的中譯，我懷疑這是否一個年輕女子情急之下的修辭。這小說去年（2017）拍成電影，倒要找來看看。

三島由紀夫當年的兵諫，目的是日本的獨立，體制上的，精神上的，做法是推翻美國麥克阿瑟將軍佔領時期（Occupation period）搞出來的憲法，這憲法規定日本不能擁有軍隊，以和平為名，所以要受美國的保護。自衛隊的功能有點像警隊，但性質又有區別，很尷尬。韓戰後，美國早已不是日本修憲的絆腳石，反對的聲音來自內部，就像《美麗之星》的四口之家。世局紛紜，時勢將變，日本蟄伏多年，又重提修憲，重建軍隊了。三島當然樂見，可是要消除西方「墮落」的文化，這，談何容易，難道要用行政的手段？

西： 病重的父親，肉身原也不過是凡人，對和平之夢，書臨末他有一句：「總有辦法的，人類。」

Eduardo Mendoza, *No Word from Gurb*

愛德華多・門多薩著、查芳菲譯：《外星人在巴塞羅那》

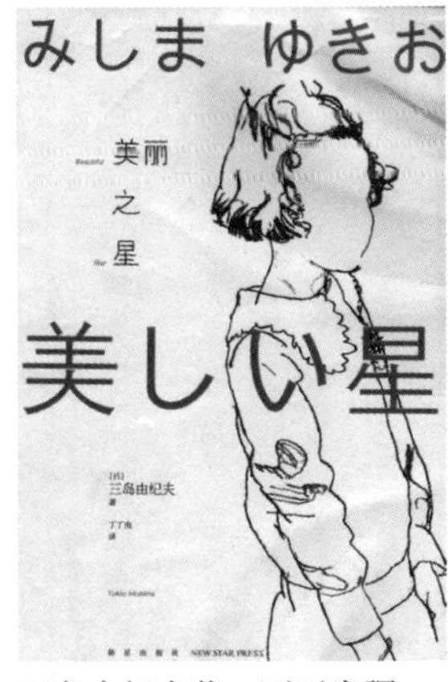

三島由紀夫著、丁丁蟲譯：
《美麗之星》

日本科幻：《攻殼機動隊》、《再造人卡辛》、小松左京

1

何： 日本的科幻動漫（anime）很興盛，美國機械人動畫是《變形金剛》，日本則是《原子小金剛》（香港舊譯《無敵小飛俠》），這是手塚治虫的作品，香港版主人公叫「阿童木」。科幻電影當然是《哥斯拉》，拍了六十多年，成為日本獨特的 icon，洋人加入延伸再拍，並不太受歡迎，至少日本人就不大歡迎。我們看過 *Steamboy*（《蒸氣少年》，2004），是 steampunk 之作，然後是宮崎駿的《哈爾移動城堡》（2004）等等……《哈爾移動城堡》改編自英國黛安娜．瓊斯（Diana Wynne Jones, 1934－2011）的奇幻小說 *Howl's Moving Castle*，不知對不對，英國小孩好像喜歡看魔法多於科幻？

西： 也許是父母、老師的影響，當然還有科技的發展。早期的科幻作家，從瑪麗．雪萊、H. G. Wells，英國開了先河，之後又有阿瑟．克拉克。據說近年學者已開始留意第三世界的科幻，在未來主義（Futurism）的名目下，研究多元、差異的未來社會。對太空的想像，資金可不是限制。

何： 是的，但動漫顯然仍是美日的天下。我很少看動漫，但總不能完全不知年輕人看的是甚麼，於是也看過日本的《阿基拉》、很多集的《攻殼機動隊》、*Cowboy Bebop*（《星際牛仔》），又譯《賞金獵人》，Bebop 的一群成員像美國早年的西部牛仔，以捕獵罪犯收取賞金，不過不在西部，而在宇宙各地。牛仔和科幻結合，令人想到多年前尤·伯連納的 *Westworld*（1973），近年改拍成電視片集，技術無疑進步得多。*Cowboy Bebop* 2000 年獲得日本科幻的星雲獎。不過最紅的還是《攻殼機動隊》（*Ghost in the Shell*, 1989），早就打進歐美的市場去，荷里活再改拍成電影。

西： 電影看過了？

何： 我說我不是動漫粉絲，甚至說不上是科幻迷，我只是喜歡看電影、喜歡看書罷了，這方面我沒有禁區，其實是不分類型。

西： 電影怎麼樣？

何： 改得不少，技術以外，其他乏善可陳。原著漫畫家士郎正宗英譯名用 Ghost in the Shell，據說是對 Arthur Koestler（1905－1983）著名的政治小說《黑暗的正午》（*Darkness at Noon*, 1940）致敬。Ghost 指的不是鬼，而是靈魂，Shell 是軀殼，當人只有藏於機械之身的靈魂，那麼就不過是幽靈而已。荷里活電影除了吸引原著的動漫迷，其他人，對不起，分明是女主人公的身材，很難說施嘉莉·祖安遜是個演技派，這當然不完全是她的錯，她拍過活地·阿倫的電影，但近年不是 Lucy，就是黑寡婦。*Under the Skin* 中演一個外星人降落地球，不斷色誘男士，再把他們吃掉，最後逐漸獲得人的善性，但在上千上萬的科幻小說裏，這是老生常談，而導演的鏡頭不斷凝視她的裸體，像偷窺，又縛手縛腳。近年（2014）的佳作《觸不到的她》（*Her*，臺灣譯《雲端情人》），她則聲演了那個屏幕上的人工智能機械，過去是人鬼戀，科幻時代則是人機戀。

荷里活的《攻殼機動隊》另一點吸引觀眾的，是那種亞洲各地的舊區：橫街窄巷、招牌、豬肉檔之類。像《變形金剛》、《星球大戰》、Marvel 的英雄系列，愈拍愈爛。往往是東遊記，是票房。例如香港，你會看到土瓜灣、觀塘等某些地方，但那是拼貼（collage），東拼西湊，新舊一爐，要的是那種末世情調，不必認真。《銀翼殺手》為這種 cyberpunk 的社會氛圍定調，這是創新，拍出一種 Neo-noir，當年是日本。然後你會問，為甚麼總是亞洲？

西： 發展中國家、城市，總是新舊混雜。香港就認定是那麼一個混血城市，混血是出生問題，它逐漸產生出自己的個性、自己的精神面貌，走進橫街窄巷，拍果欄、豬肉檔，是一種甚麼心態？以為這就代表香港？

何： 士郎正宗創作漫畫時選了香港，大概還沒有白人中心的問題。當年 Harrison Ford 追殺的是逃返地球的仿生人，他自己可能也是仿生人，至少他還不清楚，收結留有餘味。你覺得三十年後的續篇《2049》怎樣？

西： 技術當然好極了，無論音樂、美術、剪接，大片的格局。不過也許期望太高，上集許多人嫌節奏慢，這齣也慢，但劇本比較複雜，複雜並不等於豐富，反而是堆砌的單薄。上集很完整，其實很緊凑，可見 Philip Dick 原著的創意，收結是開放式，大可不必再拍續集；要拍，不如另起爐灶。如今《2049》並不完整，基本上要表達的，上集都有了，自身具足，而且都很深刻。這續集並不完整，那群反抗的落伍複製人呢？可不能說他們是革命黨，是舊對抗新，父女重聚又怎樣呢？這不是開放式，種種問題需要另一集去解決。大企業老闆兩次出場，我有些看不懂。

何： 有點故弄玄虛，那些飛來飛去的小塊。編劇跟我們開了個玩笑，新的 Blade Runner K 追查 Rachael 的遺體，資訊告訴他，她生了一對龍鳳胎，加上認定自己小時候收藏玩具木馬的記憶是真的，於是當自己是人類，即是 Rachael 的兒子。後來呢，反抗兵團告訴他，不是的，Rachael 只生了一個女兒。記憶是植入的。無論真假，這是反高潮。

西： 如果從可能弒父的角度着墨，仿生人怎樣看血緣、創造者，也許會有趣得多，而且打通上一集，但這條線很快就勾銷了。你看他和仿生女殺手打鬥的身手，就應該不會是人類。續集以仿生人也可以生育作為賣點，並且增多了一個全息照像（hologram），這是一個美少女，她雖是虛擬，也表現了彷彿真實的情感，但就像前集的 Rachael，情感反應、記憶，全是植入的。Rachael 知道自己的真相後，很傷心，這就是人性了。全息照像想有自由意志，並沒有新意，進步的只是技術。上集的對手，形格塑造得都很精彩，仿生人公司老闆、幾個追問身世的仿生人，尤其是首領，比人更有人性，續集就還原為仿生人。仿生人仍然是工具，受歧視。

Rachael 再次出現，因為複製，當然沒有問題，但 Deckard 認為這個可不是原先的一個，他認為是假的，因為眼睛的顏色不對。

何： 即使顏色對了，他仍然會認為不能取代，同一個模子出來，性相近，習相遠。這多少有些唯心，但感情就是這麼一回事。他先前奉命追殺舊仿生人，如今被其他新人追殺，而且可能就是他的兒子。

2

何： 仿生人要追問創造者，那是最根源的問題；《攻殼機動隊》則是 Robocop 追殺 Robothief。Robothief 呢？原來人的身份也是植入的，一個叛徒被改造成大公司的守衛。這個 Robocop 最後自己說："We cling to our memories as if they define us. But it's what we do that defines us."記憶、身份，敵我不分，包括由 low life 黃人變成 high tech 白人，當這一切都變得不成問題，那麼只能界定它是一齣徹頭徹尾科幻包裝的動作片。

西： 這是連靈魂也改造了。以往看日本的《IQ 博士》，覺得很好笑，那位超人，其實一反大美國主義，很窩囊。還有《多啦 A 夢》。

何： 日本機械人動畫，較早的是《再造人卡辛》（1973），2004 年再拍成電影。講述經歷五十年東西方大戰之後，亞細亞聯邦取得了勝利，但人類受到化武、核武等遺害，大多感染病毒，一位博士提出「新造細胞」理論，要研製新細胞，讓人類可以移植受損的器官，卻意外地培養出「新人類」，人的肢體全部自行接駁。研究由軍方出資接管了。軍方富二代的野心家排斥異己，覺得新人類非我族類，要全部屠殺。逃出來的新人類決心報復，他們發現了一個廢置的兵工廠，開始生產 Android 軍團，要消滅所有人類。那位博士有一獨子，因參軍而犧牲了，博士把遺體浸入培養新細胞的池中，獨子復活過來，這再造人成為對抗機械軍團的主人公……

西： 電影拍得怎樣？

何： 影像有點詭異、魔幻，初看甚至有點 steampunk 的味道，那位再造人卡辛，打鬥時可以飛天遁地，近乎 *The Matrix* 的 Neo。但整體敘事比較混亂。不過，那個亞細亞聯邦，英文是 East Federation League，很難不令人想起日本軍閥時代的大東亞共榮圈，徽號儼然就像納粹黨。

最近我參與一個聯校徵文比賽的評審工作，題目是「我和一位漫畫人物的約會」，年輕人過半寫的是《多啦 A 夢》的人物。這動漫成為他們的童年記憶。本地的，是《老夫子》，《老夫子》可不是科幻。日本科幻作家早期最著名的是小松左京，他寫《日本沉沒》（1979），後來拍成電影。他自稱是受了安部公房（1924－1993）的影響，採用超現實以及科幻的手法寫作。安部公房小學、中學時期都在中國的滿州度過，認為那是一個沒有國籍的城市。他對大東亞共榮圈極為反感。

西： 安部公房寫出《沙丘之女》（1962）。

何： 他的作品前衛，可沒有人認為他是科幻作家。小松左京則肯定是科幻作家了，與星新一（1926－1997）、筒井康隆（1934－　）合稱為日本科幻小說「御三家」。筒井的《穿越時空的少女》（1965）曾改成動畫，很受歡迎。但小松左京單憑一本《日本沉沒》，曾經成為日本的巨富。

西： 你看過小說和電影，說一下。

何： 《日本沉沒》講日本一位地球物理學家觀測日本將會下沉到海中，原因是地殼變動。他運用的是地質學家約翰・圖佐・威爾遜（John Tuzo Wilson）的板塊構造理論（theory of plate tectonics），日本政府於是計劃將日本國民及資產轉移到海外，以為還有時間，但災難並不等人，不多久火山爆發、地震、海嘯相繼發生。一個典型的災難故事，這肯定和日本的地理環境有關，不完全是「科幻」。

西： 除了原子彈以及輻射的記憶，日本人一直生活在危難之中。早幾年日本不是發生大地震麼？（2011 年 3 月 11 日，東北關東大震災，美國地質調查局將地震規模定為 9.1 級）再造成福島核電站事故？

何： 災難往往是考驗，考驗人的品格。小說裏基本上沒有壞人，電影就出現英雄、出現壞蛋，英雄又往往是普通小民，尤其是年輕人，壞蛋則是權貴。電影《日本沉沒》是日劇貨色，不用花時間看，片中首相遇難後，本由代理首相主持亂局，他卻溜到美國去了，而重要關頭，日本還被美國出賣了，日本人對美國真是又愛又恨。小說要豐富得多，值得留意的是，小說寫日本要遷移一億一千萬災民，國會委員在討論移民時，以為中國、蘇聯、韓國不可能願意接收日人。一個委員指出由於明治維新以後，日本一直把近鄰當作敵人，「要麼進行經濟侵略或軍事侵略，要麼盲從冷戰外交，成為別國的軍事基地。……這一切都是咎由自取」。可是危難到來，中國卻接收了七百萬人。這些話，三十年後在日本已成「異見」，電影當然完全沒有了，而另外塑造了一個救災救難的女角，她的男友更是拯救日本而自我犧牲的英雄。日本消失後，列國的格局、形勢，小說中有詳細的分析，至於人心浮動，拋售日本債券的場面，電影也一概沒有，連下沉時鐵達尼式的混亂也欠奉。沒有看，也就不必看。我曾問一位精通日文的朋友，他的太太是日本人：還有人看小松左京的書麼？很少，甚至沒有了。

我還是比較喜歡小松左京的短篇，完整得多，其中一篇寫於1968年的〈戰爭不曾存在〉，早就表現某些日人否定二戰侵略鄰國、否認戰敗，很有遠見。

西： 寫得不錯。

何： 講主人公和少年同學二十年後重聚，大家合唱舊歌，可是當他唱出戰時的歌時，沒有人和應，沒有人會唱，都不承認上過戰場，理由是日本根本沒有打過仗，更沒有打輸仗。大家都當他醉了。在公司裏也是這樣。大家解釋，不用打仗，日本仍然可以轉型。在書店裏也找不到日本打過仗的書，那段歷史完全跳過，消失了。他跑到廣島，只見美術館、公園，也沒留下原子彈遺跡。他不斷向人傾訴，述說日本國民是如何被軍閥、統治者拖入戰爭，如何害苦鄰近諸國，犧牲了無數人民，但沒有人要聽，連妻子也不相信他。他跑到公園去大聲疾呼。最後，大家都當他是瘋子，憲兵把他送進精神病院。他說：我終於知道，你們每個人都在裝蒜、都在隱瞞，想把戰爭的一切抹殺掉！

我少看日本文學，但記得以往井伏鱒二（1898－1993）的名作《黑雨》（1965），寫廣島受原子彈轟炸，瀕於戰敗的日本社會。表現日本人為戰爭受害者的反戰作品很多，但早期反戰而同時指明日本軍國主義是始作俑者，也不可謂少。記得《黑雨》有一場，貧民和士兵同坐火車往某地，士兵脫了皮靴大剌剌地打盹，貧民對他敢怒不敢言，每個人下車時就偷偷地把手中的飯團塞進他的靴子裏作弄他。戰爭時期飯團是多麼珍貴呢。

井伏另一得獎名作〈遙拜隊長〉，寫一個小軍官，迷信領袖，一聽到甚麼好消息，就向東方遙拜，不單自己拜，還命令全體下屬拜，三呼萬歲。因為一巴掌打一個對戰爭有微言的小兵，兩個人從卡車上一起摔下河，小兵死了，他則折斷了腿，腦也摔壞了。戰敗後回家，變得瘋瘋癲癲，老在發號施令，喊：衝鋒！要跑就宰了你！這小說寫於 1950 年，是對軍國主義餘孽的鞭撻。

至於日本電影，反戰、反軍閥的佳作，就有黑澤明的《我對青春無悔》(1946)、市川崑的《緬甸豎琴》(1956) 等等。

西： 在目前的政客眼中，小松左京、井伏鱒二也可能被視為瘋子。

何： 〈戰爭不曾存在〉大可拍成電影。近年許多人動不動就說「不存在」、「不排除」，都是否定式的惡性西化。小松左京另一篇著名的〈抉擇〉，同樣寫災難，但不是災難的場面，而是背後的心理意識。

西： 這我也看過，手法並沒有創新，畢竟跟歐美的科幻題材並不相同，寫的是人面對未來，卻源自現實生活，未來和現實連結起來，互相折射。

何： 是的。故事講一個人花了一大筆錢，通過介紹，想借助時間機器和時空隧道，從這個世界到未來的世界去。這反映他對現實的不滿。做他生意的一個矮小男人讓他對未來的世界有三個選擇，為了方便他選擇，讓他看到這三個未來世界的一些影像：一、一個太空時代的未來城市，人們飛來飛去，城市是一座飛船，正航行到另一顆行星去；二、一個古典的城市，沒有高聳的大廈，空氣清新，沒有噪音，和諧、樸素，男女都漂亮好看，公共沙龍在朗誦詩，行人可以隨意參加；三、一個極度污染、空氣有毒素的城市，大家都緊繃着臉，焦慮、不安，廢墟處處，飛禽走獸固然沒有，連細菌也活不了，再沒有倖存者。

小心選，因為一旦選定了，通過那扇門，就再不能返回。這是一張昂貴的單程車票。當然，人會有若干適應期，譬如說十年過渡吧，彷彿十年不變，是漸變。條件是你要保證緘口不提自己是從另一個世界來的，時間獵手會一直監視，被他們知道就麻煩了。你以為，他會選哪一個？

西： 應該會選第二個，那是烏托邦式的未來世界，卻也是回到過去。但問題不是那麼簡單，我們分明知道應該做甚麼、不應該做甚麼，人可是並不都由理性主宰，到頭來，我們都做了不應該做的事。

何： 大多數人開始都選了第二個，但到最後，真正下決定，選的是第三個：世界末日。

西： 為甚麼呢？

何： 為甚麼這樣選擇呢？他解釋：「與其生活在一個動蕩不安、災難隨時會降臨的世界，我不如生活在災難最終發生的世界……一個我活着時就看到它必將發生災難的世界。」他以為只有自己才確切地知道十年後這個世界的命運，見證它一步步走向絕滅。不像其他兩個世界，「這個世界根本沒有未來」。於是他義無反顧，走向第三道門，推門出去。

西： 很悲觀。

何： 還沒有完結。原來這是騙局。這是 comedy，卻是 tragicomedy，下文是兩個騙徒的對話。所謂未來世界，不過是一些陳舊的科幻電影。上當的人很多，是愈來愈多，他們的老闆已經開了數百所分店，遍佈各地。微妙的是，大多數人最終都會選第三個，騙子解釋：這是因為人們都有一種極強的毀滅欲望，表面上高喊和平、人道，骨子裏卻自覺或不自覺想目睹世界的敗亡，他們像偷窺似的，並不真正在乎世界的未來。假如世上愈來愈多的人認定世界十年後會滅亡……「你知道，我們的客人有許多是高級將領、高官、政治家？」

西： 最近，即使最近，我們不是仍然收到甚麼地方打來的電話，說甚麼公司有一份專遞給我們，或者我們、我們的親友犯了法之類，要我們匯錢麼？仍有不少人上當？

3

何： 小松左京另一個小說〈交叉點〉，也很有趣。

西： 這小說講宇航，但同樣頗有日本特色。

何： 講三個宇航員，坐飛船飛到距離地球太陽系十數光年鯨魚座的一個地方。他們降落後看到各種植物，跟地球上的很相似，有些樹木，不是幻覺吧，竟然會慢吞吞地移動，然後看到一座日本古代的房屋。奇怪，他們怯生生地走進屋子，發覺那是日本的 tea house。記得麼，我們也到過日本的其中一個茶室？那是日本的特別文化保護區，參觀要預約，因為限定人數，有專人帶領，又有專人殿後看顧，那是桂離宮……

西： 記得，不許遊客抽煙，因為全是木構建築，遊客也會自重，不會喧譁叫嚣。我們應該學習日本人對傳統文化的尊重、保護，也懂得怎樣尊重、保護，然後這種文化才是活的，才稱得上持續發展。

何： 多年前我們到桂離宮，你談到日本數寄屋造茶室的美學，記得嗎？看的人不太多，我引出來，這一次，你忙於寫小說，我的話太多了：

日本傳統建築的所謂數寄屋造，即是包含茶室的書院式建築，桂離宮是典範。它依靠在河流桂川的西面，建築主要在西北方，入口在北面，中間則是一個湖。……一路走來，都是石踏。建築呢，木板、地板、榻榻米，都像輕飄飄的，沒有甚麼牆，人和大自然那麼貼近，只是一板之隔。木板又可以拉開、移動，甚至重組。日本人過去相信，沒有甚麼恆久的東西，建築也不是。

拉門進室，原來有一套儀式，先用一隻手拉開，再用另一隻手推，而且要跪着做。進室，必須脫鞋，彎着腰，像很謙卑。天花又很低。至於室內，簡潔淡雅極了，沒有甚麼家具，沒有不必要的東西，沒有甚麼裝飾，可說是後世簡約主義的極致。室內跟室外相通、交融，人坐在或者臥在榻榻米上，用一種平視的角度看外面的風景，樹木、湖水，在和風裏輕晃，人和自然相處，和諧、恬靜。你這才領略設計者的深思。

西： 那是在《印刻文學生活誌》（2004年5月第9期）上的對談。

何： 小說裏有一個老者歡迎他們，說的是古老的日本語。進門時脫鞋，還招呼他們用茶，來自中國的茶，吃點心。他們半信半疑，不得不小心應對，因為此前曾到過一個星球，會令人生出幻覺，以為自己回到了地球。為了禮貌，他們不得不以犧牲的精神，喝了，吃了。有女子進來，見有生客，連忙有禮貌地離開。

西： 完全是日本的禮節。

何： 他們始終保持戒心，隊長在門外觀察，忽然看到山下一隊車隊，許多人正走向屋子來。不得了，他們趕忙逃跑，跑到谷中的飛船去。原來女子報警去了。她從電視看到警方的通報，有三個精神病院的病人逃了出來。這三個病人本來是宇航員，很勇敢，因為考察某某星球，被輻射壞了腦子，一直以為自己仍然在太空航行。為了治療這三位宇航員，醫生就讓他們仍然穿着宇航的衣服。下文是老者、女子、警員的敘述。

西： 寫法和〈抉擇〉也是一樣，分成兩半。有點日本推理的懸疑，結局出人意表。

何： 不久，警方就通報，那三個精神病人的模樣絲毫不像剛才的三個訪客，而且，病人都抓住了。怎麼會這樣呢？地球人要考察距離地球太陽系十數光年的鯨魚座的一個地方，恐怕是十年後的事。老人氣定神閒地解釋：這茶室是個奇妙的地方，「說不定，這是宇宙時空河流的交叉點」。要是來客是有惡意的呢？警長問。那就請他們喝茶、用點心，當他們發覺去錯地方，自然會溜走。老人最後對警長說：茶好了，你們也喝一口，然後，溜走？

西： 把宇宙間難得的時空交流選在日本的茶室，有意思。我們說完了，也喝一口茶？

Cowboy Bebop

《攻殼機動隊》

電視版 *Westworld*

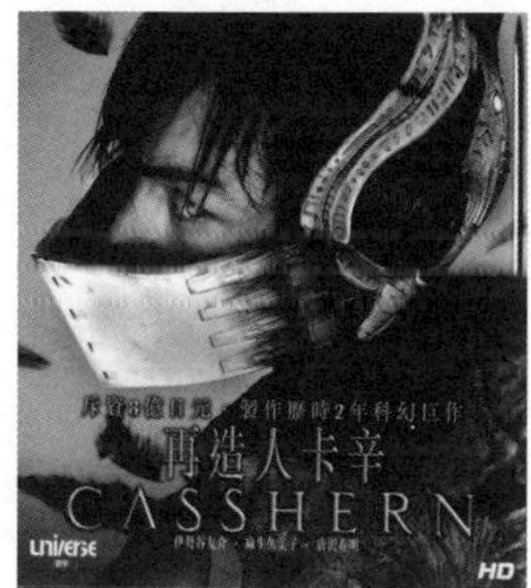

《再造人卡辛》

小松左京著，高曉鋼、張平、陳曉琴譯：《日本沉沒》

網絡叛客、人工智能

1

何： 哎，那麼，cyberpunk 又是甚麼？

西： 這是 cyber 和 punk 的合成，中文或譯作賽博朋克、網絡叛客。Cyber，據說來自控制論，cybernetics，是研究人與機器通訊的規律，這方面我沒有認識。Cyber 這個詞大概指電腦網絡、信息通訊、人工智能、自動控制等現代科技；這是互聯網時代光環閃耀的前綴詞。至於 punk，這個我懂，原本來自 1970 年代英國反主流的搖滾音樂，這是思想反叛、服式怪異的另類，一種街頭文化。對保守的人來說，這是個貶詞，與頹廢、破壞、毒品掛鈎。Cyber 和 punk 結合，我們可以想像，cyberpunk 的人物，是精於電腦技術，卻又抗拒傳統主流，是電腦浪人、黑客一類，所以譯作「叛客」，可說音義俱佳。菲利普・迪克自己看來就是這樣的人物。當然，主流是一條大河，會消化、收編各種支流。

威廉・吉卜森在短篇〈整垮鉻蘿米〉（“Burning Chrome”，1981）創出「cyberspace」一詞，這個詞有不同的譯法，沒有定論，中國大陸譯作「賽博空間」，臺灣有的譯作「符控流域」，這是由電腦、現代通訊技術創造的虛擬空間。這個空間，其實也不是實體，更不是外太空，不是月亮火星。

傳統科幻寫的是未來的烏托邦，或者與烏托邦對立的敵托邦；cyberpunk 的場景是電腦網絡的世界，是當下，是 etopia。它當然可以遠溯到凡爾納、威爾斯等人的傳統，再經過二十世紀六七十年代越戰，嬉皮士、beat generation、punk 等社會騷動、次文化的衝擊，再繼承托馬斯・品欽、約瑟夫・海勒（Joseph Heller, 1923－1999）、威廉・巴勒斯（William Burroughs, 1914－1997）等人後現代的作品，影響是多方面的，包括社會、文化、文學，尤其是科技。

何： 讀吉卜森的書，想到他成長的背景，除了越戰、嬉皮士之類，可見於小說內容的，還有六七十年代的 Rastafari 運動，Reggae 歌曲，日本武士、忍者——黑澤明那種乾淨俐落的鬥劍、日本的家族式管理當年號稱第一，中國功夫電影、李小龍，這些，也是我一輩的記憶。

西： Cyberpunk 一類作品，不能否認是當下一種反映社會生活的文類，有前瞻性，比其他小說類型更強調想像，它有發展的潛力，目前大多寫得不好，但也有寫得好的作品。Cyberpunk 最重要的是，中介物不是宇航船，而是文明社會幾乎人人都有的電腦。

何： "Burning Chrome" 是吉卜森名作 *Neuromancer*（1984）

的前身，或者初型。*Neuromancer* 大陸譯作《神經漫遊者》，臺灣譯作《神經喚術士》。這短篇以第一身敘述，講述「我」Automatic Jack 和搭檔 Bobby Quine，兩個電腦黑客做了一起大買賣，打進一個為龐大的犯罪集團洗黑錢的組織網絡 Chrome（鉻蘿米），掏光了裏面的存款，敘事者這樣自我描述：

> 鮑比是一個牛仔、一個黑客、一個網絡神偷。他專門攪擾人類的電子神經系統，在擁擠的矩陣世界裏暗中修改數據和信用紀錄。他是這個黑白的烏有世界的精靈。在這裏，你的頭頂沒有星星，只有高密度的數據源，在更遙遠的空中，公司數據組成了浩渺的銀河系，軍用系統就是那兩條冰冷的旋臂。……
>
> 鮑比．奎因和「自動化」傑克，就是我們兩個。鮑比瘦骨伶仃的，臉色蒼白，愛戴墨鏡。傑克是那個看起來邪惡透頂，裝着肌電假肢的傢伙。鮑比搞軟件，傑克搞硬件。鮑比在控制臺上敲敲打打，而傑克能搞到所有讓你如虎添翼的小東西。

他們不是好東西，是網絡世代的反英雄，他們的對手，卻是更不好的東西。這能否代表這些 cyberpunk 人類的寫照？

西： 這是較早的原型吧，也是吉卜森的「少作」，同樣的人物會在不同的地方出現。題材和過去的科幻完全不同，是這文類的 brave new world，美麗新世界。

何： 他初期的短篇，較好的，例如 "The Belonging Kind"（〈酒吧裏的歸棲者〉），寫一位語言學教授生活乏味，不善社交，偶爾一個人走進酒吧解悶，在那裏看上一位美麗的女子，他一直追蹤她，從一個酒吧到另一個酒吧，發覺她在路途上可以不斷變換模樣，衣物脫落像鱗片，跟各個酒吧環境配合得天衣無縫。到最後，他自己也成為了這樣的人物。我想到博爾赫斯，以及其後的魔幻寫實。真正的突破，應該是長篇《神經喚術士》吧？

西： 博爾赫斯喜歡 H. G. Wells，喜歡許多英語作家，他也會喜歡《神經喚術士》吧？這書初看幾頁，傳統的讀書人可能不知所云。

何： 我忝為其中一個，不過看過電影 *The Matrix*（港譯《廿二世紀殺人網絡》，臺譯《黑客帝國》，1999），就易懂得多。《神經喚術士》當年沒有拍成電影，錯過了時機，意念都分給了 *The Matrix* 等 cyber movies。

西： 故事並不複雜，情節卻很豐富，也寫得緊湊，難在書裏有很多新詞、新的生活內容。從另一面看，這正是它的好處，一種完全不同的思維和視野，或者說不同的範式。福樓拜會看得懂卡爾維諾、卡夫卡麼？很難說，但肯定看不懂吉卜森這本書。主人公 Case（凱斯）是一個電腦黑客天才，依賴盜竊信息謀生，他的老師其中一個就是之前的鮑比．奎因。他讓自己的大腦神經系統接通全世界的電腦中心，並且運用各種軟體，讓他可以侵入各種企業的電腦光壁，偷取秘密。黑客，不是如今國際糾紛的一個關鍵詞？這書，居然預示了網絡世界的戰爭。可是，一次他因為侵吞了僱主部分贓物，僱主在他體內注射了俄國真菌毒素（mycotoxin），破壞了神經系統，令他再也無法上網，進入網絡的世界，失去了謀生技能，而且肉體受損。他看過各種黑市醫生，都無法治理，知道自己成為了廢物；又因債務，被人追殺。

背景是日本的千葉城。吉卜森自稱寫這書時從未到過日本，那是電影《銀翼殺手》的氛圍。網絡世界沒有疆界，跨國大企業取代了不同的國家成為權力中心。這是另一個敵托邦。當然，讓跨國資本家扮演歹角，倒變成「無傷大雅」了。無論如何，對依賴上網盜竊的小混混來說，在虛擬的空間生活，其實也是對現實的逃避，在這裏，他才找到自己。再不能上網，對他來說這世界只有更頹敗、虛無、冷漠，甚至絕望。

“Burning Chrome”、“Johnny Mnemonic” 用的是第一身敘述，這長篇是全知觀點，而大多融入主人公的視角。小說提及五角大廈卸責的醜惡、中俄的電腦病毒、日本的忍者殺手，這世界已非美國主宰，也沒有英雄。過去的科幻小說、電影，總是從人類的視角看其他的非我族類，不知是否受 911 的影響，荷里活電影近年又再渲染美國的超級英雄。

何： 早幾年一位南非出生的年輕導演 Neill Blomkamp 有一齣佳作《第九禁區》（*District 9*, 2009），表現外星族落難地球，其中一群集中在南非的一個貧民窟，那裏被劃成禁區。外星族多了，主人公本來要執行遷移令，卻意外地染上了外星族的「流體」，成為被追捕、研究厲害武器的對象，作惡的同樣是大企業，那是所謂公司王國（corporatocracy）。他開始感受到作為異類被歧視、受壓迫的苦況，結尾很妙，他躲進禁區去，認為這才是安全的地方。這是少有的例外。這電影港譯《D-9 異形禁區》。異形、異類是相對性的，對第九禁區的居民來說，外面才是異形。

西： 他後來的《極樂世界》（*Elysium*, 2013）是荷里活大製作，表現富人居住在太空浮城，叫 Elysium，那裏富足、健康；政府扔下污染、疾病叢生的地球，由機械人管理，那是人間地獄。對地球人來說，浮城就是天堂，所以不惜代價，要偷渡上去。但天堂，我們馬上看到，其實也有權力爭鬥，而且建立在對地球的剝削。如果說《第九禁區》諷刺南非當年的種族隔離，這電影表現另一種隔離、對抗，不過成績遠不及前作。

何： Elysium 本來是希臘神話裏的烏托邦，主人公也像 Johnny Mnemonic 那樣，改造之後人腦接通電腦，可以儲存、傳送資料，包括各種信用卡。而地球的黑幫，忽而變了人民英雄，讓所有受苦受難之人都可以飛升天國，獲得權利、健康。烏托邦的幻夢戳破，收結時卻又重建，甚至強化了。

在太空浮城上，可以消除疾病、療傷，可以令人青春煥發，像那位特工，奇怪女主管 Jodie Foster 卻是一臉緊繃，疲態畢露？

西： 在吉卜森的短篇"Johnny Mnemonic"出過場的神秘女子莫莉，同樣在《神經喚術士》裏出現，這女子是僱傭殺手、保鏢，手指甲可以伸出刀刃，身手不凡，她說奉命來招納凱斯，她的僱主會把他治好，交換的條件是，執行他最當行的黑客任務。莫莉的僱主很神秘，原本是一個美國上校，一次執行秘密的軍事行動，下屬全部陣亡，他自己也受了傷，失去雙眼、雙腿；然後受修復翻新。在公開審訊時奉命隱瞞了某些高官的罪行。

何： 結果用完即棄，當局把他掃地出門。

西： 對。但他的背後，另有更神秘的僱主，這位上校殘餘的肉身也不過是工具，當他表現得不穩定，就被殺掉。這是凱斯和莫莉追查發現的。凱斯接受任務，不要以為僱主真的為他治好了病，給他安裝新的胰臟，讓他恢復武功，同時另外加上其他毒素，要是不聽令，就不給解藥。

何： 真有點中國武俠小說的味道。

2

西： 說說中文的譯本好嗎？

何： 有何不好？

西： 最初看英文，很想知道某些詞怎樣譯，很高興買到簡體字的中譯，然後知道臺灣開元書印早一年已有譯本，但總找不到。後來，開元的曹志漣在出版社裏把僅存的寄送給我，還包括 Neal Stephenson 的幾個譯本，她自己也譯出了《鑽石時代》（*The Diamond Age*, 1995），感謝她。她是歷史學家，同時是一位小說家，她的《某代風流》很富實驗性，有些場景、人物，像從中國水墨畫裏走出來。

你對照過中英文，覺得怎樣？

何： 談不上，因為不明白，才穿梭對照。我不懂電腦，荒謬的是我曾獲派修讀高級電腦應用課程，拿了個 A 級，成績比其他電腦教師還要好；然後一兩年間我已把學到的大部分，成功地退還了。不用的技術，會失去。不過我懷疑這書是想像遠多於電腦的實際知識，吉卜森也不是這方面的專家。

西： Neal Stephenson 才是專家，曾編寫程式。

何： 對。例如 Johnny Mnemonic，這人物好像如今的速遞員，不過要轉運的東西都收在腦袋裏，只有收件人才有密碼開啟，這就是想像，奇妙的想像。電影卻拍爛了，雖然由吉卜森自己編劇。

西： 還有會解碼的 cyborg 海豚，這海豚染上了毒癮。我常常想到，要是人的記憶、經驗，可以在晶片卡上儲存起來，然後擺脫肉身，就可以移居外星了，再然後，晶片卡也不用了……

何： 先讓人腦接連電腦，吉卜森的長篇《神經喚術士》就有這樣的表現。他的短篇很清晰，敘事的功夫很紮實。《神經喚術士》的文風、詞匯，卻不易看，真難為了翻譯。手上這兩個中文譯本，繁體字本 2012 年，簡體字本 2013 年，看來都獲得授權。書名 Neuromancer 已令人頭痛，臺灣和內地譯法不同。這人物，不，這是個人工智能，臨近收結才出現，以一個男孩的面貌，這樣自述：「神經，來自銀色的道路，神經系統。說故事的人，招喚亡靈的巫師。我喚醒死者。」看來譯作《神經喚術士》恰當些。

簡體字本偶有誤譯，如原文是樓高二十五層，卻不小心變了二十一層。書中中國的頤和園牌香煙最初沒有譯出，後來，又譯出了。

有時是選擇的問題。例如開始第四行，敘述說在日本「茶壺」酒吧泡上一星期你也不會聽到兩句日語，因為這裏聚集了許多 professtional expatriates，譯作「外國職員」。Expatriate 當然可譯作外籍僱員，但到酒吧，你不是要聽職員說話的。繁體字本譯作「職業流亡者」，包括凱斯自己，這種地方龍蛇混集，都是職業的亡命之徒。又如這句 "Dreads. Rastas. Colony's about thirty years old now"，Rastas 是指 Rastafarian，拉斯特法里人，Rastafari movement

源於二十世紀三十年代，以埃塞俄比亞的塞拉西一世（Haile Selassie I，統治期：1930－1974）為教主，但真正興盛是在六七十年代，由牙買加 Reggae 歌手 Bob Marley 等人唱紅，用一種牙買加英語。他們把頭髮綹成粗辮，是信仰的標誌。簡體字本：「亂蓬蓬的辮子。雷鬼頭。拉斯塔。那地方大概已經三十年老了。」把 Reggae 譯為「雷鬼」，有貶意，是外行的成見，這種音樂直接影響英國的 punk rock。過去中國大陸曾譯作「雷吉」。八十年代後，Dreadlocks 已推廣成為時髦髮型。

西： 記得當年和蔡浩泉幾位朋友聽 Bob Marley 的唱片，看錄像？你去年到埃塞俄比亞，還見到 Rastafarian？

何： 還有 Mutabaruka，不錯的詩人；還有 Jimmy Cliff。見到塞拉西的神話雖然早已揭破，Bob Marley 仍是一些人的偶像。生活艱苦，但別以為他們是丐幫；能夠花錢費神 dreads，並非想當然亂蓬蓬。不過，話得說回來，簡體字本還是有好處的。凱斯和莫莉第一次奉命潛入感覺／網絡媒體集團總部，偷取 McCoy Pauley 的記憶體。McCoy Pauley 曾是凱斯的導師，是黑客界的高手，人已死去，留下記憶體，稱 Dixie's Rom。因為要借助 McCoy Pauley 的秘笈去進行更重要的任務，他們僱用了一個叫 Panther Moderns（新黑豹黨）的黑幫製造襲擊，以聲東擊西。這段情節很緊張。莫莉潛入總部內執行實際偷盜，凱斯則操控電腦，打開虛擬體驗，切入莫莉的感覺系統，指示路線。人腦和電腦相接，現實和虛擬就變得模糊。我看繁體版就不大明白，只見凱斯不斷「反身」，在電腦前反身？原文是 Case flipped。簡體版譯作「凱斯切回網絡空間」，或者「他再次切換」，整段敘述，有時加以適度增添，比較易懂。

繁體版有吉卜森寫給中文讀者的新序，譯者顯然也用了很多心思，但有時過猶不及。「符控流域」一詞，是否反不如「賽博空間」的簡單直接？ Cyber 跟控制論有關，譯為「符控」，當然有道理，但「流域」就不好懂。譯事甚難，我應該向兩位譯家致謝。

西： 凱斯和莫莉要執行的任務，他們後來才知道，這是和魔鬼的交易：進入財閥阿西魯爾家族（Tessier-Ashpool）的電腦網絡，取得數據庫核心密碼，這密碼由族長的第三號克隆女兒掌控。克隆，即是複製人，所以她的名字是Ⅲ珍，她有一個武藝高強的忍者做保鑣。這家族建立了一個天空之城，供有錢人渡假。凱斯發覺真正僱用他們的，其實是人工智能冬寂（Wintermute），目的是要擺脫 Tessier-Ashpool 網絡系統對人工智能進化的限制。冬寂是一臺超級人工智能的一半，另一半為神經喚術士，二者合一，就變得更超級。不過兩者的主機各處一地，要連接就得通過切入天空之城的迷光別墅（Straylight），用中國的電腦病毒破解 Tessier-Ashpool 的安全措施。

網絡世界自由自主麼？冬寂告訴你，那不過是新的牢房。不能上網，對凱斯，是生無可戀；許多年輕人一定有同感，可以不用手機麼？我們可以完全不用科技產品麼？不可以。我們早已受科技的控制了。冬寂招攬亞米帝吉、莫莉和凱斯，再運用里維耶以哄騙III珍，這里維耶能夠投影詳細的全息照像，卻是個虐待狂，再加上錫安人的協助，種種設計，同樣不過想在龐大網絡的母體裏獲得一個完整的、自由的「人格」。收結這樣寫：「瑪麗．法蘭西一定是在冬寂內部植入了一種追求，一種不懈的自我解放的追求，與神經喚術士融合的追求。」人類自己是否也有這種追求呢，於是人工智能也有？

這書出現了三個特別的角色，他們是電腦網絡中的警察，職責是維持秩序、防止黑客，更重要的是限制人工智能的進化。小說中的冬寂，只是超級智能體的一半，已經是財閥的掌控者、大家族的掌門人，倘若得電腦黑客高手之助，利用強勁的破冰翻牆，取得密碼，與另一半人工智能體神經喚術士合而為一，這麼一來，雙劍合璧，他們就能複製自己，編製各種程式，可以不斷進展，其智慧一旦高於人類，還願意受人類的約束麼？人工智能有道德感嗎？會像人類那樣對待異類？這其實也是霍金等人的憂慮。這也是許許多多科幻文學、電影，例如《2001：太空漫遊》、《魔鬼終結者》（*The Terminator*, 1984）、《我，機器人》（*I, Robot*, 2004）的主題。還可以追溯到 Fritz Lang 的《大都會》。

何： 霍金最近和許多科學家、企業家、演員（例如摩根·費曼）聯署公開信（2015 年 1 月），警告開發人工智能必須慎重，因為人工智能的能力和智力可能超過人類，一發不可收拾。霍金與人溝通就依靠人工智能的技術，他說：人類受限於生物緩慢的演化，不能與人工智能競賽，人工智能會自動學習，到頭來會以前所未有的速度重新自我設定，那將會是人類的末日。

史匹堡的《A.I. 人工智能》有這種憂慮，但無疑仍然比較樂觀，這電影改編自奧迪斯（Brian Aldiss）的短篇“Supertoys Last All Summer Long”，寇比力克讀了很喜歡，由史匹堡完成了他拍攝的遺願。史匹堡看外星人，在《第三類接觸》、《E.T. 外星人》（*E.T. the Extra-Terrestrial*, 1982），都溫情、可愛；又或者，奇怪地窩囊，像《世界大戰》（*War of the Worlds*, 2005），既能遙遠地君臨，足以征服世界，卻沒有弄清楚地球的狀況，對地球上的病毒沒有免疫力。令人想起，要對抗外敵，我們是否要培養病毒，我們的害處，其實是我們的好處？

半世紀之前，圖靈等科學家還在追問：人工智能會思考嗎？在電影《A.I. 人工智能》裏，再進一步，它懂得愛嗎？答案是：它要求成為人那樣愛與被愛。這電影如果回到寇比力克手上，可能就有不同的答案。因為反過來，它會愛，同時就會憎，當人工智能發起脾氣……

西： 《A.I. 人工智能》收結別出心裁，把故事再推後二千年，那時候人類絕滅，就留下這個人工智能對人的記憶，由此得知人生存的意義，這是一種超乎機械的人文精神。當然，當人工智能發起脾氣，並不好玩，電影也隱約呈現這種憂慮，當它們失控。

《神經喚術士》裏的網絡警察正是要防止這種情況。當凱斯攻入網絡中心，就受到三個警察阻止，但都被冬寂殺害了。網絡中維持法規的叫圖靈警察，顯然是對 Alan Turing 致意。我讀過霍奇斯（Andrew Hodges）著名的圖靈傳記《艾倫・圖靈傳：如謎的解謎者》（*Alan Turing: The Enigma*, 1983），覺得非常可惜，因為同性戀問題，圖靈被英政府強迫在坐牢與治療之間選擇，所謂治療，是接受雌激素藥物。他選了治療，以為仍然可以從事研究，但這種治療，沒想到會有副作用，令生理和心理產生變化，更影響思維。

何： 我想到司馬遷，圖靈給朋友寫信，自稱這是「生理閹割」。分別在一個減，一個加；分別在，這是二千年後所謂文明的英國。

西： 英國沒有善待，甚至傷害自己的天才，如果他多活三十年，讓他繼續自由研究，既然能夠破解不能解的密碼，因而縮短二次大戰，人工智能的世代也會因他的研究提早突破，世界也許就有了不同的發展。但誰知道呢？1939 年 9 月英國對德國宣戰；第二天，圖靈就來到英國在布萊切利莊園（Bletchley

Park）設立的情報機關工作。邱吉爾稱這些解碼專家為「會下金蛋的鵝」，而且不會吵鬧。金蛋下完，又是否即棄？戰後邱吉爾把解碼機器「圖靈甜點」（Turing Bombe）全數銷毀。1950 年，圖靈已暗示可能造出會思考的智能機器，並提出了著名的圖靈測試。科幻小說兩大名家豈能忘記圖靈。吉卜森之外，Neal Stephenson 的《編碼寶典》（*Cryptonomicon*, 1999）就直接寫了圖靈。

《神經喚術士》是網絡蔓生三部曲（Sprawl Trilogy）的第一部，也是最好的一部，其後是《零伯爵》（*Count Zero*, 1986）、《重啟蒙娜麗莎》（*Mona Lisa Overdrive*, 1988）。在第一部中以兩個半體人工智能合併收結，七年後，成為能釋放意識的伏都神。我反而喜歡他和別人合寫的另一個長篇《差分機》（*The Difference Engine*, 1990），是所謂「蒸氣叛客」的經典，是的，steampunk，那可是另一個故事了。

《第九禁區》海報

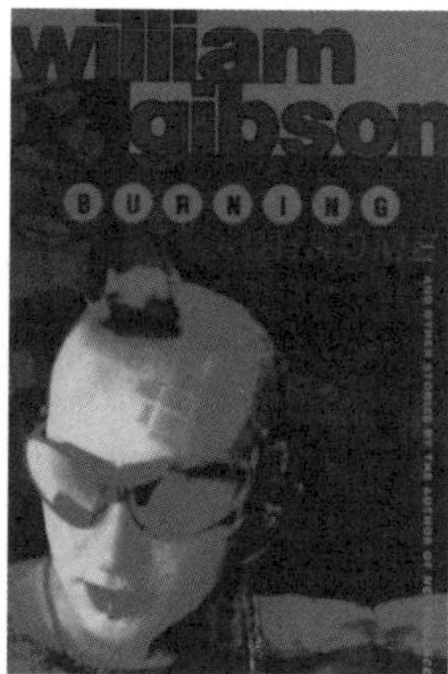

William Gibson, *Burning Chrome*

William Gibson, *Neuromancer*

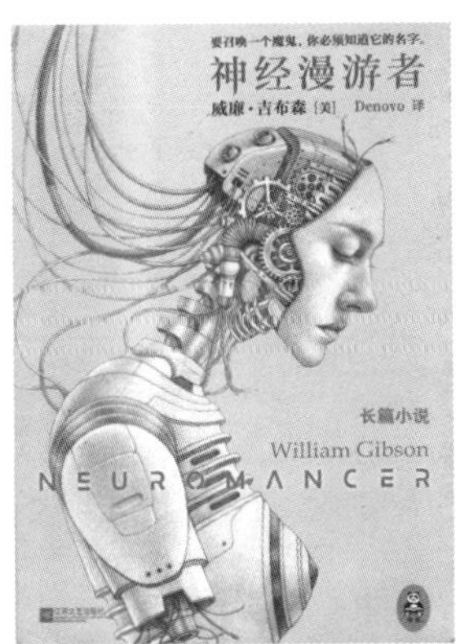

威廉・吉布森著、Denovo 譯：《神經漫游者》

威廉・吉布森著、李家沂譯：《神經喚術士》

《解碼遊戲》、T・E・羅倫斯

∞

何：《解碼遊戲》（*Imitation Game*, 2014）好看嗎？

西： 好，比想像中好看，那是挪威導演吧，手法比較傳統，但拍出英國風味。它獲得奧斯卡最佳改編劇本（2015），但 Andrew Hodges 的原著是傳記，不是小說。看電影前我們看過這傳記，許多地方明顯改得跟原著不同，加添了許多戲劇性。

何： 石琪曾指出電影與傳記不同的地方（《明報・說戲》，2015 年 3 月 1 日）。尤其是其中一場，當圖靈破解了納粹的密碼，知道納粹海軍又要對付英國運輸船，大家興高采烈，圖靈忽然決定隱瞞成果，理由是如果讓船隻避開，納粹會懷疑密碼曝光，這麼一來就前功盡廢，他決定等待致命的一擊，寧願犧牲貨船，即使一位同事的哥哥在船上，還有其他人。這是理智與情感的交戰，於是產生戲劇的張力，最後大我戰勝了小我。這當然不符史實，而且科學家的專業和責任是解碼，並不承擔打仗的策略，也不由他們說了算。

這是對原著最大也最重要的「改編」，做法也最可議。首先，這是政治上很世故的策略，並不符合圖靈的性格。也許是我的錯覺，我以為天才難免孤傲、不合群，天才的數學家、物理學家可總是單純的，至少傳記裏的圖靈是這樣，如果他老謀深算，就會投鼠忌器，不會因失竊而報案 —— 傳記裏是他主動報案，並且懷疑他並沒有深交的男友就是賊。圖靈當然是天才，但絕對不是好的管理人才，不會處理人事，他是所謂「既不能令，又不受命」，是官僚的「噩夢」，戲中他上場就辭退兩人，其實辭退人的是國際象棋高手亞歷山大。

其次，更重要的是對人命的取捨、抉擇。有論者認為這是大智大勇的表現。世間大不乏這種看似務實的想法，而且好像理直氣壯，譬如為了美好的將來、為了大局，犧牲某些人是值得的⋯⋯完全不受良知的困擾。尤其可怕的是，這樣說的政客主宰了別人的生命，犧牲的是別人。而另外旁觀的人會喝采，會搖旗吶喊。

西： 圖靈精於計算，但計算的是數字，而不是人命，生命的價值豈能量化計算？解碼本來的目的，不是拯救英國的航運補給麼？事後證明，密碼解了，納粹德軍很有自信，只會懷疑英國的間諜、自己人的叛變，而海上還打了許多場仗，並非一仗功成。

何： 根據傳記，這不是單一次解碼，並非解了就一勞永逸。印度洋的密碼就始終不能解。納粹德軍至少兩次調整過密碼，但規模小，規律變化不大，加上自己重發失誤，露出破綻。奇怪電影中沒有其他人表示異議，都是一群年輕人，好像圖靈一言驚醒，大家都變成可以以理殺人的暴君了。奇怪這是講人道主義同樣振振有辭的英國。

西： 電影另一方面又把他塑造成很深情、很專一，只緬懷少年的好友；深情，但未必專……

何： 抱歉打岔一句，好像徐訏說過：男人的愛情，長久而不專一；女人的愛情，短暫而專一。毀滅一個天才的辦法是：神化他。請繼續。

西： 現實生活裏，圖靈有不同的男友，並且經常流連同性戀酒吧，否則怎會認識那麼一個無所事事、出賣他的男子。他揭露納粹的秘密，是當年海上大戰的關鍵，別人揭露他的秘密，則是他人生的轉捩點，而甚麼人揭露他，怎樣揭露他，要有伏線。

電影裏主人公演得精彩，他在英國演莎劇 *Hamlet*？但我相信有不少英國演員同樣可以演好這角色。你提到過去演《沙漠梟雄》（*Lawrence of Arabia*, 1962）的彼得．奧圖（Peter O'Toole），對了，你看他的眼神，就直覺他是 gay 的，儘管他本人並不是這樣，現實人生更不一定是這樣，你可能根本看不出來，但這是演戲，不能多，可也不能少。我想，廿一世紀的英國，不同於二十世紀四十年代，沒有禁忌。整齣電影，我印象最深刻的是那個演少年圖靈的演員，那才難找。當知道少年摯友摩琴

（Christopher Morcom）死了，他的反應不是大喊大叫，那是電視肥皂劇的慣技，你不能有事，但也不能完全沒事，那種壓抑，這少年演員拿捏得很準確。

何： 名字叫 Alex Lawther，今年一月剛取得倫敦影評人協會的「英國年度最佳青年演員獎」。

西： 我同意陸離的說法（《號外》，2015 年 2 月），即使未必符合真正的圖靈，但電影讓更多的人認識圖靈，這位成為國防密碼一樣的無名英雄，仍是好多於壞。《沙漠梟雄》也不見得就真實地表現 T. E. 羅倫斯（T. E. Lawrence）。

何： 不見得，《解碼遊戲》、《沙漠梟雄》是劇情片，不是紀錄片，導演的確都仔細讀過圖靈和羅倫斯的傳記，尤其是史詩式的《沙漠梟雄》，還要放在複雜、糾纏的中東問題上，不管他的立場你同意與否，大導演做過研究，你不會感覺他們傲慢、不尊重對象。好導演絕對不會看不起對象而又太看得起自己。他們倘是拍人物紀錄片，更先要認識這個人物：倘是作家，是看他的作品，然後才有自己的詮釋，可以有不同的詮釋，可以有各種拍法。這和拍一個地方不同。當然看了是否明白是另一問題，你可以呈現你的不明白，這是一種負責任的態度。如果根本不看，是無論如何說不過去的。

多年前翻過 T. E. 羅倫斯的《智慧七柱》（*Seven Pillars of Wisdom*），六七百頁，年輕時才有這種能耐。所以讀大書要趁年輕。T. E. 羅倫斯同樣因為戰爭，從學者走進情報局，走進中東的沙漠，劍及履及，和阿拉伯人周旋，他要凝聚這一盤散沙，對抗奧圖曼土耳其帝國。圖靈從密碼機的角度思考，T. E. 羅倫斯則融入貝都人的生活，嘗試從他們的角度看問題。

西：有一陣我對中東、對土耳其很有興趣，還找來他早期的考古論文《十字軍城堡》（*Crusader Castles*），那是他成為「阿拉伯的羅倫斯」之前的考察。

何：《智慧七柱》書前有一首詩〈致 S. A.〉，據說就是寫給他的情人 Selim Ahmed，讓我把書翻出來……起首是這樣的：

I loved you, so I drew these tides of men into my hands
and wrote my will across the sky in stars
To earn you Freedom, the seven-pillared worthy house,
that your eyes might be shining for me
When we came.

書名《智慧七柱》，也是這樣來的：「為你誓爭自由，這七柱的寶屋。」這位阿拉伯青年，像摩琴一樣早逝。《沙漠梟雄》我也看過好幾次 —— David Lean 當年的電影，我們總看過好幾次吧，書和電影並不完全相同，也不可能完全相同，奧馬．沙里夫（Omar Sharif）演的 Sherif Ali 就是虛構的人物。只說樣子、身形吧，彼得．奧圖的確有點像 T. E. 羅倫斯，但羅倫斯五呎四吋高，彼得·奧圖呢，超過六呎。劇情片即使披上真實人物的名字，充其量是編導的詮釋，我們看了，把重要的分歧指出來就是。

西： 奧馬·沙里夫的出場，先聲奪人，很精彩。

何： T. E. 羅倫斯和嚮導在沙漠裏找到一口井喝水，導演先來一個圓形井口倒拍的鏡頭，然後，遙遠的地平線出現那麼一個小點，朦朦朧朧，像海市蜃樓，逐漸增大，由遠而近，是一個人騎着駱駝。是土耳其人嗎？羅倫斯問，兩個人都緊張起來，比較清楚了，嚮導從駱駝掏出槍來，正想開槍，轟隆已經中彈倒地。這一場，足有幾分鐘吧，四五十年後仍然令人回味。

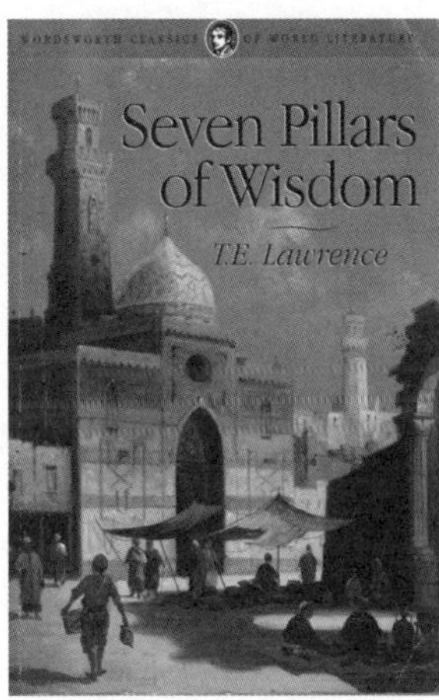

T. E. Lawrence, *Seven Pillars of Wisdom*

T. E. Lawrence, *Crusader Castles*

圖靈、《編碼寶典》

∞

何： 在另一個故事展開之前，是否先談談圖靈，譬如他出現在 Neal Stephenson 的《編碼寶典》裏？

西： 好的。寫圖靈，或者用圖靈名字的小說並不少，至少有哈里．哈里森（Harry Harrison）和人工智能專家馬文．明斯基（Marvin Minsky）合作的《圖靈選擇》（*The Turing Option*, 1992）、埃德蒙多．蘇丹（Edmundo Paz Soldán）的《圖靈狂熱》（*Turing Delirium*, 2006）、物理學教授珍娜．列文（Janna Levin）的《狂人夢想圖靈機》（*A Madman Dreams of Turing Machines*, 2006）等等。十多年前我看過侯世達（Douglas R. Hofstadter）的《哥德爾．艾舍爾．巴赫——集異璧之大成》（*Gödel, Escher, Bach: An Eternal Golden Braid*, 1979），其中有兩章談到人工智能的問題，提到圖靈，圖靈的測試，這是一本大書，書中還假設圖靈和巴比奇、阿基里斯、作者自己，以至一隻螃蟹的論辯，我當時沒有留意，只對 Escher 有興趣。奇怪我會在書頁上寫上「蘇菲的抉擇數學版」。

《編碼寶典》分兩部分，融合歷史和虛構，梅花間竹地開展。歷史的部分寫二次大戰期間的人物，其中寫圖靈進入英國在 Bletchley Park 設立的情報機關，破譯納粹的作戰密碼。和圖靈有關的人物主要有兩個：羅倫斯・沃特豪斯（Lawrence Waterhouse），美國海軍；魯道夫（C. Rudolf），德國人。他們三位是普林斯頓的同學，都是數學尖子，並且成為破譯密碼的高手。圖靈後來和沃特豪斯進入英國情報中心解密，魯道夫則回到德國。虛構部分則寫半世紀之後，二十世紀九十年代末互聯網世代，主人公是沃特豪斯、魯道夫等的後人。

不過，即使是歷史的部分，也是想像的多。不要以為沃特豪斯和魯道夫真有其人，不是的，不過另有原型。Neal Stephenson 一定參考了霍奇斯或者其他的圖靈傳記，例如寫圖靈和沃特豪斯獨處時暗示自己的性傾向，見對方根本不理，知道表錯對象，連忙道歉。但魯道夫呢，是他們另一騎自行車的好友。一次，這三個人辯論了一會數學物理之後，圖靈把沃特豪斯支開，要他到前面的山頂，背對落日，打開筆記本，捕捉光線。沃特豪斯果然去了，迷了路，天亮才回來，而艾倫與魯道夫已過了溫馨的一夜。這些，霍奇斯筆下輕描淡寫。霍奇斯本身也是公開的同性戀者。

1942 年，德國在大西洋打沉了無數盟軍的運輸船，盟軍損失百萬噸貨物。沃特豪斯認為一噸約重一輛汽車，那就是說美國和加拿大在八月內就扔了一百萬輛汽車進大西洋。這問題必須解決。可是德國為海軍新製的通訊系統非常嚴密，不是以前的三轉輪式，而是有四個轉輪，不停變化，這部大機械就是著名的 Enigma（謎碼）。盟軍雖截得訊息，卻無法破解。圖靈在波蘭數學家的成績上再改進，終於破解了。

而魯道夫回國後，最終被蓋世太保帶走，替戈林（Göring）辦事。德國和其他的交戰國一樣，打了勝仗，就會掠奪戰利品、藝術品、財富。

何： George Clooney 自編自導自演的《古文明救兵》（*The Monuments Men*, 2014），就講美軍如何拯救納粹德軍偷走的藝術品，成績平平。之前，我印象最深刻、最喜歡的，還是許多年前的 *The Train*（港譯《鐵路敢死隊》，1964），畢．蘭加士打（Burt Lancaster）演一個法國鐵路站長，在淪陷區跟納粹德軍單打獨鬥，沿途破壞鐵路，令德軍無法把藝術品運走，老畢的對手是保羅．史考菲（Paul Scofield），著名的莎劇演員，演《日月精忠》（*A Man for All Seasons*, 1964）中的湯馬士．摩爾，同樣非常好看。《鐵路敢死隊》的導演並且呈現德軍也有人真的喜歡藝術。參演的還有珍．摩露（Jeanne Moreau）。

西： 都是好戲之人。《編碼寶典》這小說，魯道夫利用軍人的身份指揮潛艇，要從亞洲運走的是金條，結果被炸，沉入大海。小說的另一部分，敘述許多年後沃特豪斯等人的孫兒，重新破解祖父們留下來的密碼：尋找盟軍擊沉的納粹潛艇，展開尋寶的旅程。這小說與其說是科幻，不如歸入虛構的歷史小說，加上破譯、尋寶的奇情。小說九百多頁，花了許多篇幅描述密碼術，我不懂數學，一遇數學符號就跳過，所以我其實沒有看完全書。

真實的圖靈只活了四十二歲（1912－1954）。他從原告變成被告，有點像王爾德，他自己這樣說：我的男朋友把他的另一個朋友引到了我家，後來其中一個被抓了，並把我們的事情告發了。說得很簡單。圖靈家裏失竊，圖靈報案，懷疑是男朋友所為，結果查問之下，男朋友供出了他們的關係。他們是同性愛，多於同性戀。無論如何，這在當年是違法的。兩年後，霍奇斯寫：「他像白雪公主一樣死去，咬一口蘋果，蘸着女巫釀造的毒汁。」法庭裁定他是自殺的，因為他死於氰化物中毒，房間裏有一個裝滿氰化鉀的果醬罐，床邊有一個咬過的蘋果。這是個產生福爾摩斯、產生美寶小姐的地方，調查卻很草率，因為沒有化驗過那個蘋果。中毒是一回事，自殺是另一回事。白雪公主是咬了毒蘋果，但圖靈呢？圖靈的媽媽和哥哥一直拒絕認同他是自殺的。你以為呢？

何： 霍奇斯書中前後有三處，表現圖靈一直對蘋果與禁忌、死亡的關係入迷，近乎 obsession：一、年紀輕輕的圖靈，早就知道伊甸園的禁果不是蘋果，而是李子；二、1937年2月，他寫信給朋友，悲慘地說想到要用蘋果和電線自殺；三、1938年10月，圖靈觀看《白雪公主與七個小矮人》，最喜歡的場面是女巫把一個蘋果放進沸騰的毒湯，他反反覆覆地吟唱：「讓蘋果浸滿這湯，滲入沉睡與死亡。」

但，這個謎恐怕只有圖靈自己才能破解。當圖靈受審時，他馬上甚麼全招了，單純，不懂世情，不會自我保護，正如休・亞歷山大所說，他不會處理非理性的問題，不懂得像其他人那樣，在必要時容忍傻子和騙子，不妨多加一句，自己成為騙子、扮成傻子。警察看了他的陳述報告，那種流暢的散文，說：「他是一個真正的異端……他真的相信自己的行為無罪。」容忍傻子和騙子，在必要時，說得對，但對天才來說，並不容易。誰才是異端？從不同的角度看，誰又不是異端？2009年，英國首相Gordon Brown正式向圖靈道歉：

我代表英國政府和所有生活在自由空氣裏的人感謝圖靈做的工作；我們錯了，您本應該得到更多獎賞。

政府願意向一個平民道歉，這個政府還不是太壞的政府。但甚麼是自由空氣呢？圖靈不是好像曾經生活在那裏？

Neal Stephenson, *Cryptonomicon*

Andrew Hodges, *Alan Turing: The Enigma*

#《潰雪》

1

西： 尼爾・史蒂芬森的 *Snow Crash* 看完了？這是二十多年來的科幻名作，有人說是 postcyberpunk。

何： 磨了個多星期，四百多頁，因為同時看不同的書，一心數用。

西： 這書寫廿一世紀的美國，也不再是一個超級中心大國，而是分裂為許多城邦式的特區。

何： United States 變成 Disunited States。

西： 美國政府把土地分賣給大財閥、大商家，成為各種各樣的特許國，他們各佔山頭，各自為政，自備保安系統，連監獄也像我們的快餐店，連鎖經營，而盜賊橫行，弱肉強食。聯邦政府也是夠可憐的，影響力很小，管理得很糟。史蒂芬森描述女主人公 Y. T. 的母親打政府工，做電腦程式，每天上班就先費神看電腦通告，對，都是一堆廢話，卻不斷更新，而閱讀的時間限定，多了不行，少了也不行。連上洗手間用的廁紙也有登記。她編的程式，只是整個程式的一小部分，其他部分同時分派給其他人，他們互不相識，於是誰也不知道做的究竟是甚麼。這是為了防止黑客、防止洩密，這社會並不透明，但個人可又沒有私隱，一直受監視，經常要接受測謊。這是一個敵托邦。

何： 如今許多大機構，恐怕沒有太大的分別。臨近結尾時，企圖主宰世界的陰謀家鮑伯·萊夫（L. Bob Rife）和技術人員、保安等登上直升機，Y. T. 是他們的人質，有一個人隨同登上，沒有人認識他，他自我介紹，原來是美國總統。聯邦政府原來和歹徒勾結。他曇花一現，再沒下文，這是跛腳政府的下場。

西： 男主人公 Hiro，在現實世界裏是小人物，和朋友居住在貨櫃車，叫 U-store-It，像迷你倉，工作是遞送披薩（Pizza），因為欠了黑手黨的債。你借了錢，黑手黨就有了你所有的資料：視網膜紋、DNA、聲紋……送披薩，是黑手黨龐大的企業。試想想，美國人每天吃的披薩、熱狗有多少？黑手黨的經營和服務好像都很完善，也很會宣傳，聲稱員工在披薩大學受訓四年，比貝都人懂得沙漠還要多。而且強調準時，遞送披薩絕不超過三十分鐘。香港也是這樣的麼？肯定做法不同。一旦遲了，老闆會親自致電客人，再三道歉，客人可以免費旅遊意大利，只要你願意成為披薩的代言人。你甚至可以殺了遞送人，拿走他的車。香港可以嗎？黑手黨還打正旗號大賣廣告，聲稱顧客是這「大家庭」（The Family）的朋友。黑手黨首領在書中是正面人物，協助男女主人公對抗歹徒，拯救了這個世界。

何： 在快速、破碎的社會，商人推銷的是家的幻覺，忠誠、溫馨，令你產生歸屬感，那麼你消費的不止是商品，還成為你的一種渴望。諷刺的是那來自黑手黨。首領恩佐大叔（Uncle Enzo），令我想起《教父》（*The Godfather*）裏的馬龍．白蘭度（Marlon Brando），他可以殺人越貨，卻拒絕販毒，Snow Crash 就是一種病毒。

西： 而且是一種電腦病毒。女主人公自稱 Y. T.，意思是 Yours truly（忠誠於你的），十五歲，滑板一族。她瞞着母親，當所謂超激快遞員，賺取外快；衣着很前衛、很 punk，身上掛了許多東西，百多個小口袋，袋滿各種裝備、各個特區的通行證；腳踩滾輪，輪軸可以伸縮，上下高低的地形，都如履平地；最特別的是，她佩配帶魚叉，連在一條蛛絲纖維纜的電磁吸盤，在公路上用飛叉勾上順風車，像滑水健兒那樣，左穿右插。她說話牙尖嘴利，滿口粗話，表示「我不好惹的」，一副壞女孩的形象。

何： 這是她的街頭智慧，江湖凶險，否則如何闖蕩？她是單親，回家前先到麥當奴女廁把衣服換了。

西： Hiro 的卡片，自稱 Hiro Protagonist。這是否某些 IT 人的寫照？自以為是主人公。其實，他的名字是 Hiroaki（廣明），作者為他取名 Hiro，讀來是 Hero，臺譯者索性譯作英雄。這麼一來，少了點日本味。他是個混血兒，父親是非洲裔美國人，母親是韓裔日本人。他還自稱是「最後的自由職駭客，世上最偉大的刀劍格鬥家」。他的確佩帶長短武士刀，穿和服，招搖過市。以前我會邊看邊畫一個圖，現在，做一個布偶。街上幾乎人人有槍，對這個帶刀的傢伙，困惑多於恐懼。對，武士刀、忍者、中國功夫，是科幻、卡通的 icons。過去電視的功夫和尚草蜢仔，到電影《星球大戰》，已經可以在星際作戰，超光速，決鬥時仍然用光劍，虎虎虎，揮舞對打。這是否比用死光槍有趣？

何： 是的，決鬥像電玩，例如 *Tron*（《創戰紀》）、*Ender's Game*（《戰爭遊戲》），恐怕就不易 visualize，往往變得更疏離，不痛不癢。我們的青少年，甚至中年都會玩，由自己操控，他們為甚麼要再花錢到戲院去？

西： 故事開始時，Hiro 遇上阻滯，Y. T. 幫助他及時送達，因此結識。兩人後來合伙，做特約電子記者蒐集情報，放在網上賺錢。這是訊息的世代，訊息有價。開初兩人分頭交叉敘述，展開一段奇異的旅程，與壞人對抗，深入虎穴。開展得很好，兩個遞送員在城市游走，形式各異，從而帶出各個特區的面貌、新世代的生活。

就像《神經喚術士》的 Case，Hiro 同時生活在另一個虛擬的世界，這世界，史蒂芬森創出一個新詞：Metaverse，臺譯「魅他域」，從電腦進入，那是網絡三維度的異域。在這裏，Hiro 如魚得水，住的是豪宅，因為早期的魅他域是他和朋友開發的，甚至設計刀劍格鬥的程式，懂得竅門，所以戰無不勝，難怪他自稱最偉大的刀客。後來他把股分賣給了朋友，那朋友發了大財。最特別的是，在魅他域，人可以化身（avatar），選擇自己的樣子，只要沒有比真人高大就行，否則這世界豈不是擠滿了愈長愈高的巨人？大街上人擠了，化身可以直接穿透彼此的身體。於是一個在旺角星巴克，另一個在灣仔家中，可以在魅他域約會，都像韓星。一旦生事打鬥，死了，有「僕靈」（Daemon）出來清理，又可以從頭再來。僕靈是一套軟件，以機械人的形象出現。沒有完全清理，就不能再進入，當機。這樣的世界，還有甚麼生離死別呢？

可有甚麼補充？

何： 繼續，或者先休息一下。

2

西： Hiro 在虛擬空間遇上一個神秘人，問他有沒有興趣試試一種新毒品「潰雪」，免費。潰雪收在一張「駭爆卡」（hypercard）內，超高容量，可以無限量存放資料。如果你拿來開啟，卻會搞爛你的電腦，甚至你的大腦。黑客大家當然提高警覺，不會以身試法。可是他那位成為富豪的朋友大五衛卻出於好奇，也太自信，以為自己的系統裏具備一切防毒疫苗，百病不侵，打開一試，結果整個人都變得癡癡呆呆，語無倫次，腦海像壞了的電視，熒幕一片雪花。小說以第三身全知敘述，這樣解題：

潰雪是電腦術語，指一種軟件臭蟲，破壞電腦控制熒幕電子束的最基層，在熒幕上擴散，把完好的點陣像素變成一團漩渦的暴風雪。

Hiro決定一探究竟，於是揭開了一個龐大的陰謀。原來潰雪的歷史上溯至古代蘇美人文化，和神經語言學有關，並和聖經巴別塔的變換人類的語言藕斷絲連。這毒品由光纖大王製造，手下爪牙眾多，武器先進，並借助宗教組織四處傳播。手下又有一名很厲害的殺手叫烏鴉（Raven），武器是冰刀，你看不見，並且擅長茅標，令人聞之喪膽。Hiro身入虎穴，為救人而勇往直前。

科幻小說給人的印象是文字粗糙、結構鬆散，《潰雪》文字精細、結構緊湊，四百多頁，基本上沒有空場，其中寫到潰雪的歷史，資料豐富，尤其是寫到人類的語言，何以跟電腦上的0和1相似，引人反思。小說描寫的許多細節，像劍戰、鼠輩（Rat Thing）、烏鴉的武藝都很精彩。

有一個人的名字比較怪，是大五衛，原文是Da5id。這是未來人的名字，本來是David，但中間的5是指甚麼？讀過《神經喚術士》一定知道，他本來是一個複製人（Clone，克隆人），5 是指第五個。名字的意思是大衛第五號克隆人。作者不斷告訴讀者這是科幻小說。翻譯科幻小說很不容易，Da5id 譯成大五衛，是佳譯。

何： 烏鴉這名字在吉卜森的《差分機》也出現過，這是科幻小說家彼此呼應、致意。

西： 這是個很厲害的角色，身上居然配備一枚核子魚雷，引信連接到他的頭顱骨裏，他一死就爆炸。一出場，連殺許多人，對手連他的模樣也沒有看清楚。最後和 Hiro 決鬥，不過決鬥有點虎頭蛇尾，還先來一段兩代人恩怨情仇的對話，這幾乎是科幻小說、電影的通病。我也喜歡寫「鼠輩」的伏筆，那是一種生物合成的狗，機械的腿，長着翅膀，其中一隻，Y. T. 幫過牠，出場不多，後來當 Y. T. 有難，就出來拯救。

何： 書裏出現一個人物，叫 Bruce Lee，不是原來的李三腳，而是一個窩囊的海盜頭子，這一段寫得特別粗鄙，開很大的玩笑。這書有一種嬉笑怒罵的狂歡節色彩。

西： 還有一個地方，稱為「李先生的大香港」（Mr Lee's Greater Hong Kong），區內由機械人保安，嚴禁槍械。書中的錢幣一直喜歡用港幣，這很有趣，作者大概弄不清楚人民幣，無論如何，中國元素漸漸抬頭。但也不要以為這是值得引以為榮的事。

何： 書中寫到語言問題，比較複雜。語言總牽涉權力。

在臨近收結時 Hiro 召喚電腦的圖書館員出來，花了不少篇幅解說。本來不斷流動的情節，反而停滯了。這也許是史蒂芬森與一般流行小說家不同的地方，想給作品一些學問、一些深刻的東西，用心良苦。簡單地說，他動用了蘇美神話、宗教、神經語言學等等，說明在巴別塔之前，人類是說同一種語言的，這是原初的語言，一直深藏在人類的骨子裏，後來聖經說因為人類的驕傲，上帝分化了人類的語言，令人類各不相通。電腦程式也是一種語言形式，靠 0 與 1 表現，這是通過有與無、存在與虛無來分出差異，跟創世神話是同一根源。

分化的語言，反而有利各自發展，催生蓬勃的創造，產生個性。在互聯網的世代，陰謀家本身是富豪，壟斷有線電視行業，他的做法是以慈善家的姿態，假借宗教、電視的網絡，分發潰雪的病毒，尤其通過黑客，不斷複製、擴散，先令你失去語言的能力，你失去的同時是思維的能力，再返回那深藏的語言，由他重新設定，統一大家的語言，也就統一思想，最後由他發號施令，他成為主宰。這種做法並非來自上帝，而是魔鬼。從這個角度看，賽博的世界，其實隱藏危機，作者彷彿告訴我們：多元如果不好，但重設的單一，更壞。

Neal Stephenson, *Snow Crash*

尼爾．史帝芬森著，李卓翰、陳夏民譯：《潰雪》

蒸氣叛客：

《蒸氣叛客三部曲》、《差分機》

1

何： 科幻小說、電影裏另有一種類型，叫「蒸氣叛客」（steampunk）。

西： 這是 cyberpunk 的次類型，以十九世紀英國維多利亞時代做背景，那是運用蒸氣動力，機械大躍進，產生工業革命的盛世，同時也產生許許多多的後遺症，人類再難以回頭。十九世紀新舊斷裂，充滿激情、爭鬥，是好的時代，也是壞的時代。

何： 是的，這是產生狄更斯《雙城記》（*A Tale of Two Cities*, 1859）的時代，人類踏上天堂之路，人類同時開啟地獄之門。

西： 重新去看，真的可以刺激思考，引發科幻的想像。歸類為蒸氣叛客的，不單小說、電影、動漫，還有時裝、設計、音樂、各種飾物和產品。小說方面，真正成功的反而未必很多，最著名的是保羅・德・菲力浦（Paul Di Filippo）的《蒸氣叛客三部曲》（*Steampunk Trilogy*），寫於 1995 年，因為打正名號。小說由三個中篇組成，各自獨立，但主要人物來自十九世紀，而且是真有的人物，故事情節卻出於想像，甚至是顛覆性的。例如，第一部 *Victoria*，以科學家 Cosmo Cowperthwait 做主人公。有一天，首相墨爾本子爵（William Lamb, 2nd Viscount Melbourne, 1779－1848）忽然到訪，告訴這位科學家年輕的維多利亞做了女王，在加冕前一個月忽然失了蹤。墨爾本子爵為防有人趁機政變，隱瞞了消息。為甚麼要找 Cowperthwait，因為他製造了一隻人和蠑螈合體的克隆（cloned newt），這克隆也叫維多利亞，樣子跟女王相似，養在妓院裏，許多名人都拜倒裙下，狄更斯、丁尼生、約翰・羅斯金、美國領使。首相想借這克隆暫時做女王的替身。Cowperthwait 跟美國管家私下也展開對女王的追查。這是科幻，加上虛構的歷史，另一面的歷史，再加上偵探、懸疑，既詭異，又荒誕。

第二部 *Hottentots*，主人公是著名的博物學家阿加西斯（Jean Louis Rodolphe Agassiz, 1807－1873），他研究自然歷史，反對達爾文的演化論，小說把他寫成是個可怕的種族歧視者，又沉迷女色，小說中麻省受到怪物的襲擊，展開對神物的追尋。

第三部 *Walt and Emily*，寫美國詩人惠特曼和狄金森，後者對前者一往情深，他們加上其他四個人、一個靈媒，坐船展開一段靈異的旅程，到一個人死後離開世間又未到天堂的中途站，他們稱為「夏園」（Summerland）。

何： 都是真人，卻是虛構的故事，尤其是第三部，令人想到耶魯幾位學者，例如 Harold Bloom 的 misreading 的理論。我說想到罷了，小說是否稱得上「誤讀」，是有疑問的。因為 misread，在文學藝術裏另有更深刻的意思。他們的名言「所有閱讀都是誤讀」，如果只看字面，那還有所謂誤讀嗎？這本身就是一種誤讀。因為誤讀的大前提是經過深研、細讀，是知彼知己，是對原作的改造、延伸。你要改造、延伸原來的文本，就要懂得原來的文本，這是繼承之外的開拓。誤讀的趣味，就在新舊作的比對。

西： 誤讀，是創作的策略，其實也是一種閱讀的方法。加西亞·馬爾克斯當記者時很崇拜海明威，認定他是學習的大師，但他就是想方設法寫得不像他。

何： 對，先研讀海明威是怎麼的一個海明威。耶魯的學者，難道會鼓吹無知、反智？那是「遲來」的詩人對前輩創造性的閱讀（creative reading），以抵銷前人的影響，走出自己的新路。不知舊，哪知新？解構主義者認為文本的意義並不確定，文本絕非孤立，而總有一種互文性，跟之前和之後的文本互相作用，不斷蔓衍，到頭來沒有終極的解釋。他們把影響的關係顛倒過來，與其說兒子繼承父親，不如說是兒子在尋找自己的系譜時重新創造父親。當然，另一面，說這是另一形式的弒父也無不可，反正是受了佛洛伊德的啟發。

西： 詩人創造他們的前輩，這原是博爾赫斯說的。但《蒸氣叛客三部曲》還不配說創造甚麼前輩。例如第一部其實是鬧劇……

何： 第三部寫狄金森和惠特曼較佳，挖出狄金森對死亡的迷戀，並且大量引用她和惠特曼的詩，說明作者好歹細讀過他們的作品。狄金森生前本來寂寂無名，足不大出戶；惠特曼呢，《草葉集》一出，名滿全國。兩人同樣生在十九世紀，但各不相干，小說家卻讓他們相遇，打通空間的阻隔，最後又因「了解」而分開。後來，有意味的是，二十世紀的金斯堡（Allen Ginsberg）還以孩子的形象出現。惠特曼就當金斯堡是兒子。這位遲來的嚎吼詩人，這次早到了，發展了惠特曼的詩風，他的詩更口語化，更適合朗讀，照誤讀理論的說法是，兒子讓父親再生。這不如說是作者對美國詩學發展的想法。

西： 是的。「叛客」指邊緣的次文化，《蒸氣叛客三部曲》卻是對主流的反諷，並不怎麼 punk。那個蠑螈的替身，本來很有趣，吃蒼蠅，需要不斷濕潤皮膚，與其說是「蒸氣叛客」，不如說是「生物叛客」（biopunk），故事揭穿時尤其離奇怪誕，因為十九歲的女王……

何： 形象有點像 *X-men* 裏 Raven 的角色。

西： 原來是墨爾本安排她到妓院去學習，這是藉口，許多造作，不過是想獨佔這個漂亮的克隆，同樣荒唐的是，女王在妓院居然也自稱能夠深入民間，有助治理國家。

何： 那是謔而且虐。墨爾本初期一直是維多利亞女王的導師，私生活很受爭議，Paul Di Filippo 就鑽這些空子，從歷史的空白處狂想，書前引用維多利亞日記的句子：「我累了，所以我偷偷走開。」澳洲的墨爾本即以這位首相命名。

2

西： 蒸氣叛客的作品，我喜歡的是威廉・吉卜森和布魯斯・斯特林合寫的《差分機》。他們寫得更早，1990年，這個長篇才是真正蒸氣叛客的代表作，背景的確是在維多利亞時代。

何： 如果背景只限定在維多利亞時代，是否一種束縛？

西： 所以有廣狹兩種，廣義的只強調蒸氣機械的動力，不一定限定在十九世紀，更不一定限定在英國。

何： 小說之外，蒸氣叛客的類型更多了，我們也看過好一些，例如日本的動漫 *Steamboy*、宮崎駿改編自黛安娜・瓊斯的《哈爾移動城堡》、《明日世界》（*Sky Captain and the World of Tomorrow*）—— 有人說這是 dieselpunk（柴油叛客），兩者分別的界線其實很模糊，後者則強調柴油的推動力。那麼多的叛客，生物叛客、滑板叛客（skatepunk），說到哪裏了？《狙魔人》（*Van Helsing*, 2004）、《福爾摩斯：詭影遊戲》（*Sherlock Holmes: A Game of Shadows*, 2011）、The Golden Compass、Brazil、Hellboy 系列，還有甚麼都有結果甚麼都沒有的爛片《奇幻兵團》（*The League of Extraordinary Gentlemen*, 2003），太多了……但好看的似乎不多。這類型甚至可以追溯到差不多九十年前的《大都會》。

西： Hellboy 的魚人是生物叛客。如今再看《大都會》，仍然覺得了不起。地上高樓林立，架空橋縱橫交錯，小型飛機來去穿梭；裏面有花園、運動場。地下呢，是煉獄，工人像行屍，辛苦地操作蒸氣機械，為上層的人做牛做馬。大都會，這種未來城市，遠看很風光，深入看，卻是剝削、壓搾，違反人性。女主人公一人分別飾演兩角，時而是天使，時而是魔鬼，就像地上和地下，不過交換了位置。

何： 再看修復版，我想到另外的一些東西，多年來也許已有人說過，那是朗對愛的不同看法。女主公 Maria 真人像天使，在地下宣揚造物主的愛，彷彿信仰會令人感覺幸福，消弭現實的困苦；複製了她的面孔的機械人呢，是魔鬼，衣着很大膽，被用心不良的科學家製造出來，到工人之間煽動革命，同樣是因為愛，失落的愛，因為大廠商搶走了這位科學家的舊愛。愛的反面會令掌握特殊技能的人變成惡魔，但打通上下，重建勞工和商家的和諧互信，是大廠商的兒子，他對女主人公一見鍾情，因為追尋愛而開始對不同環境、不同的人產生了同情和理解。

西： 他像約翰遜（Samuel Johnson）那位阿比西尼國的快樂王子，走出快活谷才知人間疾苦。意外炸毀時，他看到機械變成可怕的怪物。

何： 他是一個失去母愛的單親，母親叫 Hel，Hel 死後那位科學家造了一個機械人，名字就叫 Hel，而這個機械人卻移植了 Maria 的面孔。這麼一來才可以媚惑人，但 Hel 和 Maria 重疊，是否有點戀母情結？對不起，這是我的誤讀。我把它看成愛情科幻了。一點基督精神，一些群眾運動——其實是反馬克思，工人造反是受了蠱惑。這所以希特勒看了，一樣可以大力鼓掌。問題解決得是否太容易呢？是愛情令人盲目，也令人打開眼界？電影留下來最深刻的，還是它視覺上的表層：它的技術、表現主義的特色，它花費人力物力最大的機械工廠。

西： 是的，但天堂和地獄的分隔，多年後的電影仍然處處可見，例如最近的《極樂世界》，或者另一則愛情故事《逆天奇緣》，女的在上界，男的在下界，貧富懸殊，但浪漫的愛情可以打破阻隔。這是永恆的主題，連不是科幻的《鐵達尼號》（*Titanic*, 1997），也是窮小子與富家女。灰姑娘的故事則是窮家女與富二代。《大都會》裏呈現的問題，解決不了，也不能說不可能解決。最近香港一家航空公司鬧罷工，勞資雙方最終不是達成和議？這電影對科技並不信任，你只能複製天使的外表，但複製不了內心，一旦落入壞人手中，後果可就不堪設想。裏面一位瘋瘋癲癲、詭異的科學家，也好像成一典型。但叛客小說、電影處理的，已經不是信任與否的問題，而是這就是生活，生活很大的部分，就像我們佩戴眼鏡，我們覺得自然而然，甚至成為飾物，而已經忘記或者再不當是一種傷殘。

何： 近年，蒸氣叛客電影也有比較好看的吧？

西： 馬田·史高西斯的《雨果的巴黎奇幻歷險》（*Hugo*, 2011），你以為呢？

何： 同意呵，我也記得，第一個鏡頭已經很精彩，一直飛越巴黎，去到火車站的機械時鐘的洞洞，那一隻少年雨果偷看出來的眼睛。這電影是向第一個拍科幻電影的默片大師致敬，是對電影夢作坊傳統的尊重，我們沒有忘記他，科幻電影最初最令人難忘的鏡頭，正是人類的火箭插中月亮的一隻大眼睛。如果叛客的精神是反傳統，那麼它自己其實也成為了反傳統的傳統，不喜歡社會規範，要獨特的個性，很好，但粉絲集會時，不是彼此彼此？

3

西： 《差分機》是以巴貝奇（Charles Babbage）構想的差分機做背景。十九世紀初，法國人傑卡德（J. Jacquard）發明自動提花編織機，巴貝奇獲得啟發，想到如何設計一臺機械，以改善計算的方式，準確，避免人手的出錯。在還沒有電腦的時代，計算要靠人工製表、查表，費時且失事。差分機不單可用於計算，可以精準地計算炮彈的落點，還是一臺

「多項式求值機」，在小說裏，差分機的齒輪一轉，只要你是國民，有一個編號，就可以查出你的資料：背景、身份。這是電腦的先聲。

但事實上，差分機並沒有成功，花錢太多了，設計改了又改，英國政府承擔不來，放棄了；小說則寫成功了，並且進一步研發了蒸氣推動的分析機，不單產生工業革命，還預見了電腦資訊時代的到來，是圖靈機的前身，這方面拜倫的獨生女兒埃達（Ada Augusta）功不可沒，她和巴貝奇合作，成為「差分機女王」。在歷史上，據說 Ada 酷賭，但的確是難得的科學家、少有的女性數學家，年紀輕輕，受巴貝奇所托譯出《分析機概念》的意大利文，並寫下這方面的筆記，可說是歷史上最早的電腦程式，並預言電腦的各種用途。

除此之外，都是虛構。故事發生在 1855 年，從爭奪一匣打孔卡片展開，這匣打孔卡片來歷不明，不知道它真正的用處，資深的警官見 Ada 賭債纏身，還以為是一臺預測賭局必勝的點金模，才惹得三教九流垂涎。後來揭露，原來是分析機的程式。我對差分機的操作完全不懂，書中也沒有用這個為難不懂數學的讀者，反而蒸氣推動的東西無所不在。

何： 差分機用蒸氣機為動力，推動齒輪機械運轉。蒸氣縫紉機、蒸氣鋼琴；打吡日不是賽馬，而是賽蒸氣車，好賭的 Ada 第一次出現，被綁架。

西： 小說裏英國有兩個敵對的陣營，一個是工業激進黨，由詩人拜倫領導，並且執政，他沒有在希臘死去，而是成為首相。另一個是反對工業革命的盧德黨（Luddites）。英國歷史上，盧德黨在十九世紀是流亡的工人組織，反對工業革命，因為機械搶奪了他們的飯碗，所以示威抗議，結果被鎮壓，領袖被推上絞刑臺，黨人走向地下。當時的英國，新科技當道，國勢極盛，成為最大的帝國，和法國拿破崙三世瓜分了美國，甚麼北方聯邦、南方聯邦，甚麼德薩斯共和國、加利福尼亞共和國。美國，在美國人的叛客世界裏，真糟糕。

何： 中國人要是這樣寫中國，不得了。

西： 法國也是強國，有它自己研發的差分機。另外有一匣點金模，到了法國，因為程式有別，卻把法國人的差分機搞垮了。總之，這是差分機主宰的世界。

何： 一個國家能夠自嘲、容許自嘲，而不是自我神化，才算得上成熟。

西： 女主人公西比爾（Sybil）是盧德黨領袖的女兒，她隱瞞了自己的身份，輾轉逃避追捕，流落風塵，無可奈何跟流氓廝混，其中一個答應帶她到巴黎，可以重新生活，那傢伙是德薩斯共和國一個流亡將軍的事務主管。將軍，其實也不過是倒了臺的政客。Sybil 後來終於獨自到了巴黎，有了新的身份，結了婚，成為貴婦。她和 Ada，兩個死對頭的後代，尾聲時在巴黎相遇，這是多年之後的事，Ada 依靠巡迴演講賺取生活費，有點潦倒落難，演講又太深奧、太超前，聽眾不多，不知道她說的是甚麼。歷史上，這位詩人的女兒只活了三十七歲，比父親多活一年而已。

何： 英國幾個浪漫派詩人都短壽，雪萊不足三十歲，濟慈更短，二十四歲。他們都沒有趕上維多利亞女王的蒸氣車。拜倫在小說裏成為工業激進黨的黨魁，倒有點諷刺。他的詩友雪萊去世前寫的詩辯（"A Defence of Poetry"）說詩人為萬物命名，是沒有頭銜的立法者，有特權，而不是機械，不是差分機，如果他知道後來有所謂差分機。他認為沒有詩人的維護，就不可能產生科學家。這可能是工業革命君臨的前夕，詩人的輓歌。Ada 在嬰孩時代，父母離異，她一直和母親生活，書中借錄母親的話，把拜倫痛罵，當然是虛構，連雪萊也被指是邪惡的瘋子。但歷史上，Ada 獲得母親提供最好的教育，一直得數學名師的指導。

西： Sybil 來聽她的演講，散場時留下來，送她一枚鑽戒，好像是要表示我活得比你好，說了侮辱性的話，算是報了仇。小說裏，十年河東，十年河西；現實裏，機械時代可從此一發不可收拾了。Sybil 出場之後，由另外兩個男主人公擔綱，一個是古生物及探險家馬洛里（Mallory），他在賽車會救出 Ada，受托保護一匣分析機的打孔片；另一個是外交官奧芬特（Oliphant），他們的追查，各派的戰鬥，情節有點複雜。

何： 不必複述，小說的寫法很特別，倒不妨說說。

西： 我反而留神它怎麼寫。兩位作者的敘事能力都很高，吸引人追看，細節也很豐富，顯然是做了大量資料的蒐集，那是到圖書館下的死功夫。我印象最深的，是描摹倫敦的氛圍。

何： 寫得具體、深刻，黃霧瀰漫，衛生環境惡劣極了。

西： 泰晤士河臭氣沖天，倫敦人要倒痰盂就倒出窗外。

何： 一個敵托邦的圖像，我並不把它當成科幻小說看。《蒸氣叛客三部曲》裏，那位科學家尋訪女王，到倫敦街頭的過程，兩者比較，筆力遠遜，寫女子收容所的女院長，原來是同性戀；後來寫狄金森回到自己的天地，因為發現惠特曼是雙性戀，技窮，也嫌譁眾。

西： 《差分機》兩位作者，吉卜森在加拿大，斯特林在美國，你寫一章，我寫一章，就像我們的對話，有時是我一段你一段地寫，再互相照應。他們沒有能夠享受互聯網通訊的方便，只能通過郵遞磁盤，然後彼此修改。最出奇的，如果你質疑作者的獨特性，那麼這書的敘事者，他們告訴你，其實只有一個：一臺電腦；書中章節就用程式一、程式二等劃分。他們在後記裏揭露出來，電腦會計算、會記錄、會演奏、會下棋，於是想當然也會寫作。最後一章，就是電腦拼湊的一堆資料，也不分真假。他們的解釋是，人類作者又何曾獨立發明語言這工具?

何： 再進一步，人類作者寫作的，難道不也是東湊西拼？一定可信麼？這是一次後現代叛客瓦解所謂真理的表演。

西： 書中差分機女王到底說了甚麼呢？你看這一兩段……

何： 她說：我們這些生命有限的人類，可以討論一些無比複雜的概念，比如「真實性」，這不也是非常奇怪的事？……如果我們把整個數學系統看作一臺可以證明定理的巨大差分機，那麼我們必須說，通過點金模同樣可以證明這個系統是有生命的，並且有自我照顧的能力，甚至可以自我驗證其生命的價值。這種能力，目前我們無法理解，然而知道，它的確存在，因為我們人類自身就有這種能力。

Paul Di Filippo, *The Steampunk Trilogy*

Hugo

William Gibson and Bruce Sterling, *The Difference Engine*

威廉・吉布森、布魯斯・斯特林著，雒城譯：《差分機》

休眠、冷凍、《尤比克》

1

何： 屈原的長詩〈天問〉向上天一連提出百多二百個問題，其實也涵括了古代的知識，包括自然界、社會、古代歷史等等。還有一個，他來不及問：天外，有其他的生命嗎？這是許多年來科學家一直在尋找答案的問題。你以為呢？

西： 科學家不知道，誰知道呢？要是以人類對生命的要求、條件作為標準，我猜想，發現其他的生命的可能性微乎其微。人類的生命形式，經過漫長的演化，當然這在宇宙的時間，不過一瞬間罷了。

何： 地球存在四十六億年，人類的歷史約三百萬年。

西： 真是天外方一日，人世千萬年，這形成地球人獨特的生命形式。所以，外太空，完全適合我們居住的地方……

何： 未必有。

西： 希望有，但恐怕沒有完全適合的。將來，各種天災人禍，地球再不能居住了，太陽的能量耗盡，人類不得不遷移到其他星球，辦法可能是改變生命的形式。據美國太空總署最近的報道（2017 年 2 月），科學家發現，在太陽系之外，有七個跟地球大小、溫度相似的行星圍繞一顆恆星公轉。這恆星稱為 Trappist-1，超冷矮星，那周圍的七個行星，可能有液態水，甚至可能有海洋，其中三個，還位於適合生命存在的宜居帶，因此也可能存有生命。但真有生命的話，形式卻不可能跟我們一模一樣，我們的生命由核酸和蛋白質組成。

這些行星，距離我們四十光年，要到那裏去，連睡在休眠艙裏，像科幻電影那樣，也嫌太久；首先要改變，擺脫的，可能就是人類有形的軀殼。開始時，人和機械融合，機械只佔小部分，譬如說安裝了心臟起搏器，目前就是這樣，像甚麼？對了，《鐵甲奇俠》（*Iron Man*）。然後逐漸多些，不會沒有可能，到最後，完全放棄肉身，放棄人的物質性，只留下腦裏的東西。不過，到了完全可以放棄人的部分，那時候，人還要稱為人嗎？

何： 到時候，叫甚麼已無關重要。提到宇航時的休眠，荷里活的《太空潛航者》（*Passengers,* 2016，大陸譯《太空旅客》）講五千多名地球人移民外星，建立新的家園，旅程遙遠，要飛行一百二十年，所有人就睡在休眠艙裏，到埗時才醒來。一切自動操作。但因機械故障，其中一人提早醒來，提早了九十年。他覺得孤寂，幾經掙扎、選擇，決定喚醒另一個，女的。故事的關鍵是宇航時的「休眠」，但意念、情節，其實我在《科幻世界》雜誌裏讀過一個差不多的小說，叫〈飛過脈衝星〉，作者是德國的格哈德·格赫爾克。電影可沒有說是改編，或者說明受這位的啟發。

西： 沒有？

何： 沒有，電影只稱由強·斯派茲（Jon Spaihts）編劇，這是個荷里活科幻電影的紅人；但意念、結構照搬，而且世界性發行，由兩位紅星演出。《太空潛航者》的故障，是太空船遇上流星雨，流星雨那麼多，有大有小，無一人守護，它不會有自動防護的機制麼？小說〈飛過脈衝星〉則是脈衝星的關係，太空船在宇航時收到脈衝星的訊號，使導航系統的訊號接收器停止運作，然後再重新啟動。

西： 脈衝星（Pulsar）是一種中子星（Neutron Star），會自轉，極速，再而有規律地、周期性地發射出電磁脈衝訊號，所以命名為脈衝星。發現脈衝星的是劍橋大學一位年輕的研究生（蘇姍·貝爾，Susan Jocelyn Bell），那是1967年，開初她還以為是外星族的來電，就借用科幻小說，稱之為「小綠人星」（Little green men），簡稱LGM。後來，因為脈衝星的發現而獲得諾貝爾物理學獎，但得獎人是她的指導教授，不是她，這曾經引發爭議。

脈衝星是中子星之一，甚麼是中子星呢？星體一如人類，也經歷生老病死的演化過程，壽命當然比我們漫長得多，當恆星耗盡能量，重力坍縮，會演變成白矮星、中子星，或者黑洞。這是我讀科普得來的一點認識。小說家利用脈衝星的訊號干擾了太空船的電腦系統，無疑比遇到流星雨更有依據。

何： 小說的主人公醒來就失明了，為了找出太空船的毛病，確保其他旅客安全，他不得不喚醒另一個專家幫助。他們是可以重新休眠的，雖然有各種風險。電影裏則不能再休眠，醒了就醒了，當其他人醒來，那會是許多年後的事，到時他們都不可能存活。而主人公選擇喚醒另一個漂亮的女子，完全是由於耐不住寂寞。故事發展下去，孤男寡女，浪漫地相愛，直到女的發現她的醒來，原來是被刻意挑選的。她怒不可遏，矛盾、衝突，才有了轉折的「戲」。

當然，最後因為太空船幾乎要爆炸了，兩人合作解決問題，不得不面對現實，又和好如初。電影如果要探究問題，例如人的孤寂，還遠遠不夠，它很快就變成荷里活的通俗劇（melodrama）。小故障，令一個人蘇醒；大故障，其他五千多個旅客卻仍然可以安眠。而五千多人的太空船，建造宏偉，階級分明，可只有一個醫療艙。西方有些評論家指責電影美化主人公的不道德，認為那是自私的行為，要找人，女的，陪葬。

小說呢，很短、很簡單，並不處理孤寂的問題，而主人公自願留守，應對下次脈衝星的訊號，女的，也決定留守，反正她隨時可以再休眠。

西：　星際旅行，電影總是把人放在「休眠艙」，好像已成「共識」，《異形》、《星際啟示錄》，好像這是人類長途旅行的唯一辦法。

何：　《2001：太空漫遊》，1968 年，已出現了冷凍人體的「休眠艙」，這可能是電影上的第一次。Woody Allen 的《傻瓜大鬧科學城》（1973）也是一個小人物冰凍許多年後，醒在未來的諷刺笑劇，這個未來的美國社會，不單沒有進步，還變成一個獨裁的警察國家。

不過冷凍人體不是全無根據的，無論為治病、為宇航，一直有人做這方面的研究。翻查資料，最早的是上世紀六十年代初美國的羅伯特．艾丁格（Robert Ettinger, 1918－2011），他被稱為冷凍技術之父。我們知道，醫學上有所謂「低溫治療法」，原理是將病患者的體溫降低至 32℃至 34℃，並且可以維持、爭取一些時間。體溫每下降一度，我們腦部的氧氣代謝率可以減少。發展下去，對漫長的宇航也就成為沒有辦法中的辦法。

2

西：　腦袋裏的東西本來可以挪移、複製，以至再生，要留下有意思的東西，想來屈原他們不是做到了？人類不是一直在嘗試超越有形的軀殼？成為一首詩、一本書？軀殼，遲早也不能不失去，這當然不表示軀殼不值得珍視。你要擺脫它，又不得不依賴它，暫時的依賴。

何： 在校讀書時我以背誦〈離騷〉自娛，「帝高陽之苗裔兮，朕皇考曰伯庸；攝提貞于孟陬兮，惟庚寅吾以降」—— 我反對背誦的是荀子、〈進學解〉之類，可從沒反對背誦韻文。屈原開宗明義，自述家世，然後是信念、愛好、歷程，這個「人」具體而微，他對「自我」的醒覺，無疑在中外文學史上最早，雖然過世二千多年，死的其實只是肉身，近年人工智能會集句寫詩，也不可能呈現那麼一個有血有肉的「詩人」。

要是死了仍然拖着腐身，會很可怕，變成行屍走肉，變成會傳染的病毒。這幾年就出現許多喪屍電影、電視劇，從荷里活到亞洲，以往的鬼怪還在晚上作祟，喪屍則夜以繼日，而且大量出現，病毒有時又掛上科幻的幌子。之前看了《末日之戰》（*World War Z*, 2013），場面很大，例如拍喪屍入侵以色列，劇情緊湊，是典型的災難片，技術非常高。我們重看高達的《阿爾伐城》（*Alphaville*, 1965）就看出分別。高達呈現一個由超級電腦「阿爾伐 60」獨裁治理的敵托邦，人民的生活受到嚴格控制，沒有藝術，沒有詩，不懂得愛。如今再看，我覺得它的本質其實是浪漫的愛情片，從科幻的角度看，則欠缺的就是科技，它反科技，這當然不能和近年的荷里活製作相比，光管時而閃亮就當是物理學方程式，打鬥、槍戰，年輕人都會覺得很兒戲。

西： 高達這個冰冷的未來城市，是以 1960 年代的巴黎為實景，黑白顛倒，也可說高達完全不要特效，當年有實驗性，實驗並不一定保證成功。這的確是法國人的浪漫，以為感性可以挽救一味講邏輯的理性。

說起休眠艙、冷凍，我想起 Philip Dick 的《尤比克》。

何： 很有趣，這是迪克的佳作之一，但不容易讀。

西： 那位反心靈感應公司的老闆接了一宗大生意，帶了公司十一個最出色的反心靈感應師到月球去，誰知中了競爭對手的圈套，接待他們的富商，其實是自殺式人形炸彈（self-destruct humanoid bomb），結果炸了個「半死」。其他人把他帶回地球，放進蘇黎世亡靈館的冷凍槽（cold-pac）裏。

這裏要解說一下甚麼是心靈感應與反心靈感應。書中心靈感應能力特強的人叫 psi，這些人能感應，以至預知別人的想法，於是受聘成為間諜，替各種機構提供情報。為了對抗他們，保障私隱，於是又出現另一種能人，叫 anti-psi，只要他們在場，心靈感應就會失效。他們則受聘於反心靈感應的公司。這類公司很受歡迎，所以競爭激烈，不惜謀害對手。據主人公喬・奇普（Joe Chip）的說法，這是一種生態平衡，捕食者與被捕食者形成恆久的關係。

這小說特別的是，進入亡靈館的冷凍槽裏，當然都是死者，卻仍然是有意識的，能夠和生者通話，稱為「half-life」。這位老闆叫朗西特（Runcites），他的太太埃拉（Ella）死了三十年，仍然經常和他在腦波中溝通，為公司業務出謀劃策。而 half-life 彼此也可以溝通。

何： 這小說我看了一半才有點眉目。Psis 和 anti-psis 是迪克預見了後來電腦黑客之間的戰鬥。全書通過第三身敘述，除了開首兩節，視點主要出自主人公喬·奇普，他是朗西特旗下電子測試 anti-psis 的專家。朗西特被炸後，他接管公司，馬上送朗西特進冷凍槽去，希望他成為 half-life，仍然有助公司的運作。送遲了就失去溝通的能力，是徹底的亡故。

他們逃離月球時已出現許多怪事，例如電話簿過期、香煙發霉，錢幣呢，成為不再流通的廢幣。時間一直在倒退，人也日漸衰老。奇普收到朗西特的電話，向他指示，卻只能單向地接聽，不能回話。尤其奇怪的是，其中一位同到月球的反心靈感應師溫迪（Wendy），奇普的情人，在旅店裏無端死了，而且變成一具乾屍，好像風化了許多年。

這裏必須提出一個特別的人物，這人物由奇普招聘回來，形象看來像辣妹，她有一種特異功能：重回過去，只是過去，可不能到未來。她也一同到月球去。她叫帕特（Pat Conley）。能夠回到過去，改變過去，其實也改變了現在。她這種異能，可以改變那些心靈感應師。為甚麼呢，因為那些心靈感應的先知，並不知道自己受了影響，以為仍然發揮感應的功能，實則被她抵銷了，從而改變，或者消除了他們原先作出的決定。但她這種能力，看來並沒有在月球遇難時發揮，溫迪和她，兩個女子微妙地合不來。

西： 是的，帕特會回到過去，那麼中伏時，何以不施展魔法，回到爆炸之前？她的解釋是：一到月球她就失去這種能力了。不過，朗西特傳來的訊息，在字條，在警員的告票，卻認為她說謊。時間在不斷倒退，退了五十多年，退到 1939 年。然後那些到月球的同事，逐一衰老、死去。難怪奇普會認定那是帕特搞的鬼，她是對手派來的間諜。迪克很會故佈疑陣。

小說的下半部，朗西特告訴奇普，他沒有被炸死，死去的其實是奇普他們，他們就躺在亡靈館的冷凍槽裏，他來到亡靈館，努力跟他們通話，提示奇普，卻總受到干擾，一如他開初要跟太太埃拉通話，就有一個少年的聲音介入。時間和空間在倒退，樓宇、車輛，都回到舊時去，錢幣總變成舊幣。可另有一種力量在嘗試消解。去找尤比克吧，尤比克。

尤比克（ubik）是甚麼東西？一種噴霧劑，跟拉丁文 ubique 相近，意思是無所不在。每一節之前，共有十七節，總先有一小段尤比克的廣告，彷彿無所不能，令人百病俱除，而且它創造了一切。戲謔的成分多，認真的時候少，它是啤酒、像咖啡、美味可口、可以治胃痛⋯⋯這是迪克的幽默。但倒退的力量很厲害，往往令噴霧退為粉狀。

到最後幾節，我們才讀到，原來是亡靈館裏那個少年亡靈喬里・米勒（Jory Miller）的詭計，他逐一「吃」（consumes）了其他亡靈溝通的能力，以增強自己。據說連帕特也在另一次酒店的爆炸中死去了。一直跟他抗衡的，其實是老闆太太埃拉。她設法幫助奇普，送他尤比克，因為她馬上就要還陽了，想奇普可以繼承她，協助自己的丈夫。依靠尤比克，奇普成為最後對抗的希望。朗西特不可以要亡靈館的老闆把喬里移走嗎？不能，因為喬里的家人很有錢，每年總送來一大筆金錢。

生和死打通了，真和假、虛幻和真實，何嘗不是。這一切，或者是離開月球以後，是奇普的想像嗎？是所有人，包括朗西特全炸死了，這不過是亡靈之間的對話、幻覺？甚麼才是真實的？肯定的是，這完全是迪克的腦袋裏生出來的東西，奇普多少是迪克自己的寫照，房間亂糟糟，一身債務，小說後期，身心大受折磨，可一直奮力對抗，並不認輸。小說有創意，曲折、懸疑，細節豐富，表現很高的敘事能力，而且，容許各種不同的解釋。

何： 如果所有人都炸死了，波蘭的 Stanisław Lem 指出，還有誰把他們運到蘇黎世的亡靈館去？Lem 認為其他的科幻都不行，只有迪克的好。至於尤比克，迪克的前妻說，就是上帝的象徵，這說法未免太直接了當。2005 年《時代週刊》（*Time*）的書評人選 1923

年以來一百部最佳英語小說，《尤比克》是其中一部，另外兩部是《潰雪》和《神經喚術士》，這三部都不當是科幻，而算是主流小說。1923 年是《時代週刊》創刊之年。

西： 選《潰雪》和《神經喚術士》，很有眼光，至於《尤比克》也很好，但迪克的作品我會選《仿生人會夢見電子羊？》。此外，我還會多選一部，那是《黑暗的左手》。

《太空旅客》海報

Philip K. Dick, *Ubik*

菲利普・迪克著、金明譯：《尤比克》

《貓的搖籃》（西西）

∞

大凡紙皮盒、膠袋，貓無不喜愛，而且要想辦法鑽進去，睡那麼甜甜一會兒。會搖的東西，貓也喜歡，像搖搖，電筒搖動照出來的光，多麼奇妙，UFO？非得捕捉看看不可。我一位花貓小友，一見打開的布袋，就會施展縮骨功，擠進去，而且希望大朋友把布袋提起，當氫氣球，給牠盪鞦韆，盪起來又會兩手抓緊布袋，高興得呼嚕呼嚕。盪布袋鞦韆，其實是危險的玩意，因為挽手隨時會扯脫，花貓會變飛貓。所以朋友要在布袋的挽手多縫針線，但布袋仍然搖破了好幾個。

養貓的人家中大都沒有搖椅吧，大概也沒有小朋友騎的搖動木馬，因為可能壓傷頑皮的貓。當然，也沒有人會為貓設計會自動搖的籃。那麼，為甚麼世上有一種東西叫做「貓的搖籃」呢。馮內果寫了一本小說叫《貓的搖籃》。我在這裏本來是要寫玩具，怎麼搖到小說去了呢。

馮內果並不喜歡別人稱他是科幻小說家，甚至不喜歡稱他的小說有黑色幽默，他就是不喜歡任何標籤。這小說寫的是一位曾參加製造原子彈的科學家，為美國軍隊研製了一種新武器：「九號冰」，那麼一粒小藥丸似的東西，可以凍結沼澤，讓美軍陸戰隊通行無阻。但還來不及應用，他就去世了。他的三個子女把發明私下分了，各自換取所需。大女兒用它換了個在兵工廠工作的丈夫；大兒子用它在加勒比海一個島國上換取了部長的職銜，這島國是個殖民地，由兩個亡命之徒統治，是政治和宗教勾結。馮內果對政治和宗教，一直沒有好感。小兒子呢，用它換取了與蘇聯女間諜的短暫愛情。

馮內果把小說分成很短的章節，就像在報上連載的專欄，一百二十七天之後，一切完結。是的，冰有一號、二號，到了九號，厲害極了，它不單會令沼澤凍結，始料不及的是，還會令經過沼澤的小溪凍結，接着小溪沒入的江河、湖泊、海洋，都冰結了，連落下來的雨水都變成冰釘，這時候，豈不是世界末日。「九號冰」這麼厲害，各方都在爭奪，原來是想方便行軍，結果人類自取滅亡。

小說中的「原子彈之父」，是個沉迷遊戲，鍾愛製造玩具的人，這個人常年自閉在斗室中，不理，也不曉世事。對他們來說，發明新事物是一種遊戲，新發明，不外是新玩具。馮內果自認這人物有藍本，還指名道姓。這類科學家，不知道自己製造的玩具一旦落入壞孩子之手，會多麼危險。

科學家在家中和子女常常玩的遊戲，就是「貓的搖籃」。遊戲兩個人一起玩，只需一條繩子，大約一米長吧，把繩子的兩端連起來打個結，就可以開始。方法是由一個人，伸出兩隻手，放在繩子做成的圓圈內，然後一隻手從圈外朝圈內翻穿；另一手接着做同一動作。這時，繩子已架在兩手的兩端，中間形成一個有圖案的繩網。對手要做的是，用雙手伸入繩網，夾住繩索伸出網外，再朝上穿進網內，翻出新的圖案來。二人輪流夾出新的圖案網，直到一方失敗為輸。

說起來複雜，其實不難，我年幼時也常常玩，總覺得驚異，為甚麼一條繩子會變出那麼多不同的圖案，而圖案又總是整齊、完整、對稱、繁複，次次不同，好像魔法。這翻繩圈的名字，就叫「貓的搖籃」，英文是 Cat's Cradle，卻和貓完全無關，也沒有搖籃。馮內果為甚麼用《貓的搖籃》做書名，我不想深究，我只知道我的花貓小友，除了喜歡盪鞦韆，天氣酷熱時，喜歡睡到乾爽的水槽盆裏，水槽盆，是牠的搖籃。這裏沒有喻意，求其涼爽就是。牠的眼睛初生時差不多失明，沒有人要，朋友把牠帶回家，如今五歲，不是愉快地長大，牠會想到要毀滅世界？

Kurt Vonnegut, *Cat's Cradle*

槽盆搖籃

貓在搖籃

末世的小說、電影

1

何： 近年韓國的《屍速列車》很賣座，2016年，表現災難臨頭，人有不同的反應。其實另一齣由韓人奉俊昊導演的《末世列車》(*Snowpiercer*，2013，或譯《雪國列車》)拍得較好，含義也較豐富。奉俊昊拍過科幻片《漢江怪物》(港譯《韓流怪嚇》，2006)，那怪物的誕生是由於駐韓的美軍停屍房把大量變質甲醛倒入漢江，污染水質，產生物種變異的水怪，為害韓民；再加上美國官員的表現，政治意涵很強烈。怪物並不嚇人，實在也不是龐然大物，所以不宜當作驚嚇片看。

西： 講特技、造型，不能跟荷里活的製作相比。

何： 不能。牠把兩個男女小孩，都六七歲了，吞進嘴裏，後來被救，女孩死了，男孩倒存活過來，有點不可思議。戲倒拍得不差，拍出韓民生活的質感，有黑色幽默。香港有些鬼怪驚嚇片，鏡頭不斷對着鬼怪，還滿街跑，目的是嚇人，卻嚇不了人。韓片近年很有表現，幾套逆權之作，都具體細緻，又有情味，非常好。

《末世列車》是合作片，改編自法國 Jacques Lob 和 Jean-Marc Rochette 的科幻漫畫 *Le Transperceneige*。開始時一列火車在雪地裏奔馳，像移動的方舟，乘客是僅餘的人類，冰天雪地，是由於科技失誤，全球冰封。火車要跑到哪裏，沒有人知道，總之一味向前。終有一天，能源也會耗盡。乘客一分為二，火車前卡的是貴賓，後卡的是下民，像囚犯，由持槍衛兵監控，分配食物，主管就在最前的貴賓廂裏。下民終於起來反抗，一路打殺，進入貴賓廂去，到造反領袖真正面對主管時，才知道所謂革命，原來也是主管安排的，很簡單，人口太多，資源有限，必須按時清理，維持生態平衡。這電影反而不太賣座。

西： 我不能再看這些恐怖、緊張的電影，受不了。

何： 電影收結還留下希望的尾巴。

我想起史杜克（Bram Stoker）的 *Dracula*（1897），從恐怖電影的角度看，可以跟瑪麗．雪萊的 *Frankenstein* 媲美，我不知道這和二十世紀初俄國的波格丹洛夫（Aleksandr Bogdanov）的換血（blood transfusion）研究有否關係，是交換血液，老者跟少者交換部分血液，不是紅十字會的輸血，據說交換血液令兩者得益，少者可以提早成熟，老者可以回復青春。想想也很科幻。Dracula 死而不腐，只取而不給予，但他回饋你不腐。即使鬼怪，也難以捨棄肉身，想起茂瑙那位跑到英國在黎明之前汲汲尋找棲身之所的德古拉伯爵，也是夠慘的。波格丹洛夫既是提倡換血的怪醫，同時也是科幻作家，1908 年出版過《紅星》（*Red Star*），微妙之處，那是在俄共 1905 年第一次革命失敗之後的作品。

西： 大概是講在火星建立共產主義的烏托邦。把換血的實驗當成科幻小說，兩代人交換想法之類，很好，但真的換血，是否有點恐怖？這事可不能私相授受，但當你再想到，有主事者要你驗血，要查你的肉身是否「純淨」、心靈是否「正確」，那就太糟糕了。許多年前，你不是因為去過土耳其，紅十字會的職員拒絕你捐血？

何： 我還到過大馬士革、伊朗等地，如果當年政府因此不用我交稅，我會感激流涕。

西： 因為閱讀科幻小說，偶然也看科幻電影，我想到一個問題：如今我們人類，是否已是演化的終結？地球人的生命，從智人演化至今，只有二三十萬年，一種出現，就取代另一種？在演化的過程，我們一直沒有放下這皮囊。我看電腦科技的變化，早幾年的磁盤，現在的手指 USB，由大變小，容量愈多，而且不斷加速，連形體也變了，再遲些，真是詩人所說「一顆沙子見世界」……

何： To see a world in a grain of sand.

西： 要見世界、整個宇宙，你就得成為一顆沙子。那時候，整個人類的文明都可以轉移，經過淘汰，有些不能留下，也不需留下。至於人類的形軀，為甚麼不能變呢？形軀，也許是一種禁錮，霍金就大半生受到禁錮，他的思想卻是自由的，在大爆炸之後，蟲洞之前，它自由地隨意翺翔。那時候的機械人，還稱為機械人的話，會自己再演化。我的姪兒，小時候就叫機械人做械人機。

2

何： 未成為沙子見世界之前，我們先看到末世。末世的小說、電影真不少，早在美蘇冷戰時期已有，其中最記得的是寇比力克的《密碼 114》（*Dr. Strangelove or: How I Learned to Stop Worrying and Love the Bomb*, 1964），由那位演傻豹探長的彼得·斯拉（Peter Sellers）一人分飾三角，當年因此引起我對原著的興趣，作者是彼得·佐治（Peter George, 1924–1966），原作叫《紅色警戒》（*Red Alert*, 1958）。電影嬉笑怒罵，充滿黑色幽默，在美國的 War Room 裏，美蘇代表大打出手，美國總統的反應是：「先生們，這是作戰室，不能在這裏打架！」（Gentlemen, you can't fight in here. This is the War Room!）

但小說和電影最大的分別是，寇比力克比較悲觀，到頭來美蘇瘋子互扔核彈，那位少校 Major Kong 像牛仔那樣坐着飛向蘇聯的氫彈，然後，世界末日。小說最後卻是，蘇聯大使在緊急關頭調停，美蘇兩國頭頭冷靜下來，解除戰爭。不過，處境也相當荒謬，譬如美國炸了蘇聯一個地方，蘇聯大使就對美國總統說：總統先生，請問您是否遵守承諾，交出一座城市讓我們轟炸？

Peter George 是英國皇家空軍飛行員，曾參戰二次大戰，書中寫空軍司令部的運作、調度，實感、到家。在拍攝電影時他在信中向導演強調，要召回作戰機群，除了使用 CRM114 的裝置，別無他法。這是香港譯名的由來。弔詭的是，Peter George 其後受不了抑鬱折磨，自殺了。

至於「後冷戰」較出名的小說是阿特伍德的末世三部曲：《羚羊與秧雞》（*Oryx and Crake*, 2003，臺譯《末世男女》）、《洪水之年》（*The Year of the Flood*, 2009）、《瘋癲阿當》（*MaddAddam*, 2013）。《羚羊與秧雞》是第一部，寫末世的成因：科學家改造基因，製造各種合成怪物，又製造回春藥，為商業公司發財，其實暗藏病毒。其他兩部，都只是第一部的補充、延伸。

西： 病毒散播，人類到頭來只剩下主人公一個，像喜馬拉雅山上的孤獨雪人，所以就叫雪人（Snowman），他本來叫占米（Jimmy）。在《羚羊與秧雞》裏，只餘下雪人一個，在後兩部的《洪水之年》和《瘋癲阿當》，原來還有其他倖存的人。沒有其他人、朋友或敵人，就寫不下去。羚羊與秧雞都是人名，占米是主人公，此外是他的朋友，一個科學奇才葛林

（Glenn）。葛林在書中一直用的稱號是 Crake，這是一種水鳥：紅頸秧雞（red-necked crake），臺灣版本音譯為克雷科。名字是葛林玩電腦遊戲《大滅絕》時起的，這遊戲要求參加者選一種已經絕滅的動物給自己做代號，葛林用「秧雞」，占米則用「雪人」。至於 Oryx，是「羚羊」，那是女主人公奧麗克絲出現在色情網站的化名，那時「羚羊」還只是一個七八歲的雛妓。秧雞製造出來的理想新人類，叫 Crakers（秧雞人）。

這些秧雞人，意念是否來自勒瑰恩？他們由基因改造而成，吃草葉，天真，無知，沒有領土觀念，所以和平，沒有野心，但三十歲就會死亡。他們的交配行為有固定時期，沒有固定伴侶，有點像侏儒黑猩猩（bonobo），因此沒有爭風吃醋，當然也無所謂愛。他們還要躲避科學家在實驗室中製造出來的各種怪物，譬如為了提供器官給人類的「器官豬」、混種的「狗狼」，這些怪物到頭來會攻擊人類。主人公住在科技精英聚集的「科學園」，由保安護衛，普通低端人則生活在「平民區」。進出兩區都要有通行證。

現實的世界不是經常聽到，要培養甚麼動物以便提供器官給人類？最近的報告，香港人使用抗生素很厲害，聽說遠超過歐美各地，濫用的結果產生抗藥性，無疑等於間接培養病毒。

何： 描述器官移植做出人獸的怪物，H. G. Wells 早在

《莫羅博士的島》（*The Island of Dr. Moreau*, 1896）就寫過了，主人公漂流到南太平洋一個荒島，輾轉遇上瘋狂的島主，一個生理學家莫羅，這個 Dr.，應該是 medical doctor，是莫羅醫生才對，因為實驗活體解剖，聲名狼藉而隱居島上。他在孤島上建立自己的王國，製造了許多混種的怪物，甚麼 Ape-Man、Leopard-Man、Satyr Man、Hyena-Swine，都是半人半獸，或者不同動物的合體。讓動物「提升」到人類的水平，有人的種種習性、法律，還學講人話，然後奉他為創造者，是神。莫羅一如許多暴君，是通過營造恐懼的心理使那些「人獸」服從的。

西： 我們看過電影，不大好看。

何： 至少改編過兩次，兩個莫羅都是大明星，一次是 1977 年畢．蘭加士打，另一次是 1996 年馬龍．白蘭度。都不好看，內容較單薄，定位也不清楚，是恐怖片麼？觀眾受恐怖片多年的熏陶，早已見怪不怪了。這類瘋醫生的形象，已成科幻傳統，弗蘭肯斯坦、化身博士……

西： 因為不成功，我想也許會再拍，熱門人選是 Johnny Depp。

何： 華語片沒有專責的 casting，西片就有。H. G. Wells 這書，其實是社會諷刺，主人公逃離魔島，回到人類社會，卻仍然焦慮惶恐，倒過來，他在島上遇到「人獸」，如今在城市裏遇到的是「獸人」，他在收結說這些人皮野獸，不久就會退化，顯示出各種各樣的獸性。科技的惡用，結果是人的退化，而不是進化。

西： 葛林也是這種瘋狂的科學家。阿特伍德這小說並不科幻。它由雪人自述，交叉剪接，一面講他如何掙扎偷生，另一面則是倒敘，像閃回，講他以往的生活，成長的經歷，父母都是科學家，由於父親為了高薪厚祿而背棄良知，替大公司研發換膚藥，母親則受良心責備，最後出走了。然後是人類的淪落，社會的撕裂，生物工程畸形地發展，貶視文學藝術。搞文學藝術，這些瘋癲的科學家說，你就麻煩了。

何： 葛林秧雞和占米雪人本來是中學同學，兩人發展不同，後來走在一起。葛林是科學天才，他請占米到科學園協助他。他們同時愛上美麗的雛妓奧麗克絲羚羊。秧雞讓羚羊作為中間人，把他發明的回春新藥推銷到各地去，羚羊做得很成功，但這藥其實含有病毒。秧雞是另一個弗蘭肯斯坦，或者是 H. G. Wells 的莫羅博士，也是人類妄想不死，或者渴望重拾青春，僭當上帝的科學家。秧雞和羚羊死後，雪人照顧遺留下來的秧雞人，他向秧雞人的解說、教導，大多胡湊，不過將秧雞和羚羊說成是他們的父母，倒並不假。因為末世是他們帶來的。

病毒最終全球大爆發，在水中、在空氣中傳播，這是比「黑死病」更厲害的「紅死病」。雪人倖存，書中說是由於他出入平民區，秧雞為他注射過有免疫的血清，所以活過來了。奇怪秧雞不為自己，也不為羚羊注射？雪人守在研究園裏，和秧雞人一起。他改了研究室的密碼，秧雞要求進來，被他槍殺了，反正秧雞也染上病毒，這之前，羚羊也染上病毒，先被秧雞殺了。這是畸形科技發展的惡果。

收結時出現三個倖存人類的蹤跡，未至於完全絕望。阿特伍德在後來的《洪水之年》、《瘋癲阿當》再發揮。但整體而言，是很令人沮喪的敵托邦小說。

西： 這是小說家對世界問題的忠告。阿特伍德曾經相當介意被稱為科幻作家，其實不必，好作品可以打破門戶之見，甚至改劃界線、版圖。文學的門類，是另外一種囚禁人的形軀。你有囚禁的思維，當然就不自由了。

何： 到了《洪水之年》，秧雞，還原為葛林，仍然並不立體，其實連疫症也嫌浮泛，並不具體。《羚羊與秧雞》寫兩個男性，《洪水之年》則通過兩個女性的觀點，一個是托拜（Toby），另一個是瑞恩（Ren），小說又是交叉敘述，不過前者托拜是第一身，後者瑞恩是第三身。此外，還有第三種聲音，那是「上帝的園丁」（God's Gardeners）的領導阿當第一（Adam One）說出的訓詞、頌詩，出現在每一章的開頭，這些宗教的演說，在作者筆下，時而認真，更多的是諷刺。《瘋癲阿當》則以一女一男為主人公，一個是托拜，另一個是澤伯（Zeb）。澤伯在第一部出現過，到了最後一部才真正出場。

《洪水之年》的時空跟《羚羊與秧雞》是一樣平行的，是互相補充，阿特伍德要把人物的身世交代個完滿。托拜與瑞恩兩個受害女子的塑造，比雪人和秧雞成功得多，同樣是大量的倒敘、回溯。所謂洪水，其實是無水之洪（Dry Flood），實際是指瘟疫。《瘋癲阿當》則是故事的延續，以《洪水之年》中的一個人物托拜為主人公，她帶領着一群秧雞人，像牧師，向他們講述「福音」，而當秧雞是創造的神。加上她與阿當第一的兄弟澤伯的情感糾葛，不得不與「器官豬」合力對抗彩彈等等，也不必細說了。三本書的主題，基本上是互相補充、深化，是對濫用科技的警告，這不會是將來，而是就在當下；當然還有她的女性的觀點。好處是在她敘事的細節裏，她有非常好的說故事的能力，細膩，有耐性，不乏幽默的筆觸，遠超過一般科幻小說家。

西： 阿特伍德的末世三部曲，無疑比過去的作品好，但論技巧、創意，還不能說是上乘之作。我看過了，大概不會再看。兩位病毒的父母秧雞和羚羊，都是從外面去寫，尤其秧雞，是真正製造病毒的源頭，出自雪人眼中，並不深刻。後來，總算再補充一些這人物童蒙時的過去⋯⋯最後，世界只剩下那些逐漸也學會講述故事的秧雞人。

阿特伍德從加拿大人的生存手冊、女性的生存手冊推展為人類的生存手冊，不過從《羚羊與秧雞》到《瘋癲阿當》，那是十年時間，一個作家可以一直反反覆覆，沉浸在那種末世的、令人沮喪的氛圍？想想也是夠沉重的。

我忽然懷念起娥蘇拉·勒瑰恩來，勒瑰恩的《黑暗的左手》那種視野，超越烏托邦或者敵托邦的書寫，超越性別議題，收結兩位主人公化敵為友，有一種令人感動的俠義精神，也許更貼近昆德拉的所謂文學的本質。

Margaret Atwood, *Oryx and Crake*

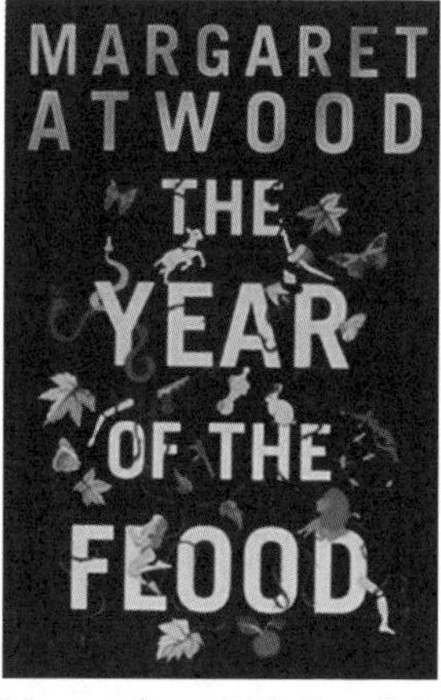

Margaret Atwood, *The Year of the Flood*

Margaret Atwood, *MaddAddam*

瑪格麗特·愛特伍著、韋霞譯：《末世男女》

瑪格麗特·阿特伍德著、陳曉菲譯：《洪水之年》

後記／發表日期

後記

怎麼開始科幻小說、科幻電影的話題？這在第一篇〈烏托邦、敵托邦、異托邦〉中已大概交代，此前我們當然都看過好些科幻小說、科幻電影。這裏談到的，遠不止此。只是近五六年看得更多、更集中罷了。不過，無論怎樣看，在科幻的世界裏，仍然是九牛一毛，這方面的小說、電影，舊的固然不斷翻新，而新的，目前以及將來，都在無休無止地大量生產。我們看的，自以小說為主，而旁及電影。科幻電影，從 1927 年的《大都會》，到 2014 年的《星際啟示錄》，不足百年，技術不斷進步，可說已臻鬼斧神工。至於科幻小說這文類，則長期被視為流行的貨色，其實沙裏差可淘金，一如無垠的宇宙，沒有界線，充滿可能。因為我們根本不能沒有科技，這是人類生存的狀況，而科技或正或負的發展，寫作的人豈能視而不見。

我們最先的談話在雜誌《字花》連載，兩三期之後才想到不如理出一個科幻的脈絡，也許可以成為一本專書。西西讀書就有這麼一個習慣，喜歡尋根究柢，這從她做微型屋，做毛熊、猿猴看到。我當然樂於奉陪。《字花》是雙月刊，連載十數期後，已近兩年，我們覺得長期佔去的篇幅實在太多了，再連載下去豈非要三年時間？於是轉移到月刊的《香港文學》去。其中一篇則在《明報周刊》上分兩期發表。感謝這幾份刊物的支持和包容，原來也有一些朋友、讀者喜歡，並且獲得啟發，有的甚至模仿我們對談的方法。

我們是預設有聽眾、有讀者的，所以遇上某些名詞、術語，我們總嘗試加以解說。至於對小說、電影內容的若干說明，我們在談話中也解釋過，一經「劇透」便再無可觀的作品，大家其實也就不必浪費時間。過去我們出過一本對談集《時間的話題》，談文學，談文化，有人以為兩個人的對話，並沒有「眾聲複調」，換言之，並非不同意識形態的撞擊，而是相輔相成、互相補充。複調的說法，來自蘇俄的巴赫金，他的理論，我們算略有認識，但無讀成一本通書，更不認為凡對話就要製造矛盾，現實的情況是，我們看過太多你有你的、我有我的想法，結果，各自表述，變得交而不流。這，反而有違巴赫金嚮往多元平等、和諧共存之旨。

全書談話基本上由我執筆，不過西西為了方便我的記錄，往往把談話內容寫出來，有的詳細，有的簡略，再由我貫穿、整理。文稿出來，她再加以修訂。連載時自覺篇幅不宜太長，裁去若干，如今補回；好幾篇則又一分為二。其間也有些科幻之外的題外話，西西認為並非全無意義，也就保留下來。我們本來可以多談一些，但想到篇幅問題，加上圖片之類，也就差不多了。書中科幻人物、外星族等摺紙和布偶，都是西西的手作。

此外，我們的對談，並沒有包括中國的科幻。我們曾經嘗試從晚清梁啟超、魯迅等人的提倡說起，看了老舍的長篇《貓城記》、許地山的短篇〈鐵魚底鰓〉等等，可以連結詹明遜所謂「國族寓言」的討論，他認為由於生存環境不同，國家命運迥異，閱讀時，倘緊抱西方第一世界的觀點，對第三世界的文學藝術，就難以理解。而這和當下西方科幻作家表現人類面對科技君臨的處境，本質並無不同。老舍、許地山之後，華文的科幻小說並未絕流，近數十年在臺港以及內地更是波瀾壯闊，其中仍不乏緊隨時局態勢之作，畢竟產生了不少出色的作品，那可不是三言兩語概括得了的，也恐怕不是我們的心力所能承擔，這方面的話題，只好期諸真正的方家了。

何福仁
2018 年 9 月

發表日期

烏托邦、敵托邦、異托邦

（2014 年 9－10 月《字花》51 期）

菲利普・迪克、勒瑰恩

（2014 年 11－12 月《字花》52 期）

科幻小說獎、電影

（2015 年 1－2 月《字花》53 期）

網絡叛客、人工智能、圖靈

（2015 年 3－4 月《字花》54 期）

《解碼遊戲》、T. E. 羅倫斯、《潰雪》

（2015 年 5－6 月《字花》55 期）

蒸氣叛客：《蒸氣叛客三部曲》、《差分機》

（2015 年 7－8 月《字花》56 期）

《平面國》的空間和色彩

（2015 年 9－10 月《字花》57 期）

火星、城與城、驛站

（2015 年 11－12 月《字花》58 期）

無國界醫生、愉快人生、往昔之光、Yo ho ho 海盜

（2016 年 1－2 月《字花》59 期）

改造猩猩、智力管制、狙擊手、危城

（2016 年 3－4 月《字花》60 期）

甚麼是科幻？古今機械人

（2017 年 7－8 月《字花》68 期）

科幻與反科幻

（2017 年 9－10 月《字花》69 期）

阿西莫夫、機械人三法則

（2017 年 11－12 月《字花》70 期）

《貓的搖籃》（西西）

（2017 年 12 月 9 日《明報周刊》）

《索拉里斯》：小說和電影

（2018 年 2 月《香港文學》398 期）

日本科幻：《攻殼機動隊》、《再造人卡辛》、小松左京

（2018 年 3 月《香港文學》399 期）

巴特勒、比爾斯、克拉克

（2018 年 4 月《香港文學》400 期）

《外星人在巴塞隆那》、《美麗之星》

（2018 年 5 月《香港文學》401 期）

機械人的道德感、同理心

（2018 年 6 月《香港文學》402 期）

休眠、冷凍、《尤比克》

（2018 年 7 月《香港文學》403 期）

末世的小說、電影

（2018 年 8 月《香港文學》404 期）

遺忘與記憶：《一日長於百年》

（2018 年 10 月 13 日《明報周刊》〔上〕；2018 年 10 月 20 日《明報周刊》〔下〕）

西方科幻文影

西西、何福仁　著

責任編輯　張佩兒

裝幀設計　陳佩珍

排　　版　陳美連

印　　務　劉漢舉

出版

中華書局（香港）有限公司

香港北角英皇道 499 號北角工業大廈 1 樓 B

電話：（852）2137 2338

傳真：（852）2713 8202

電子郵件：info@chunghwabook.com.hk

網址：http://www.chunghwabook.com.hk

發行

香港聯合書刊物流有限公司

香港新界荃灣德士古道 200 - 248 號

荃灣工業中心 16 樓

電話：（852）2150 2100

傳真：（852）2407 3062

電子郵件：info@suplogistics.com.hk

版次

2025 年 7 月初版

規格

32 開（200mm×140mm）

ISBN

978-988-8913-70-1